L'atlas détraqué
tome 3

Dans la collection Chat de gouttière

L'atlas détraqué
tome 3

roman

Diane Bergeron

illustré par
Sampar

SOULIÈRES ÉDITEUR

case postale 36563 — 598, rue Victoria
Saint-Lambert (Québec) J4P 3S8

Soulières éditeur remercie le Conseil des Arts du Canada et la SODEC de l'aide accordée à son programme de publication et reconnaît l'aide financière du gouvernement du Canada par l'entremise du Programme d'Aide au Développement de l'Industrie de l'Édition (PADIÉ) pour ses activités d'édition. Soulières éditeur bénéficie également du Programme de crédit d'impôt pour l'édition de livres – Gestion Sodec – du gouvernement du Québec.

Dépôt légal: 2005
Bibliothèque nationale du Canada
Bibliothèque nationale du Québec

Données de catalogage avant publication (Canada)

Bergeron, Diane

L'atlas détraqué

(Collection Chat de gouttière ; 15)

Pour les jeunes de 9 ans et plus.

ISBN 2-89607-008-7

I. Sampar. II. Titre. III. Collection: Chat de gouttière; 15.

PS8553.E674A943 2004   jC843'.6   C2004-940504-7
PS9553.E674A943 2004

Illustration de la couverture
et illustrations intérieures :
Sampar

Conception graphique de la couverture :
Annie Pencrec'h

À mes parents, qui m'ont appris,
par leur vivant exemple, que
« Tout ce qui mérite d'être fait,
mérite d'être bien fait. »

Enfonce-toi dans l'inconnu qui creuse.
Oblige-toi à tournoyer.

René Char

De la même auteure

Chez le même éditeur

L'atlas mystérieux, tome 1, 2004
L'atlas perdu, tome 2, 2004

Aux éditions Pierre Tisseyre

Le chien du docteur Chenevert, coll. Chacal, 2003,
     finaliste au Prix Cécile-Gagnon
Clone à risque, coll. Chacal, 2004

Résumé des tomes 1 et 2

Dans l'***atlas mystérieux***, Jean Delanoix découvre un livre tout à fait extraordinaire qui lui permet de voyager dans différents pays et à différentes époques de l'histoire. Jean se rend d'abord en Afrique, dans le corps de N'Juno, le jour où celui-ci doit devenir un homme. Puis l'atlas entraîne notre héros au Klondike, durant la célèbre ruée vers l'or au début du XXe siècle. Finalement, il arrive en Atlantide, à la veille de la terrible catastrophe qui marquera la disparition de cette île fabuleuse.

Dans l'***atlas perdu***, Catherine, la mère de Jean, perd l'atlas alors qu'elle est à Rome, à la bibliothèque du Vatican. Jean s'y rend pour retrouver le précieux livre et sauver sa mère. Avec la poudre trouvée dans l'armoire, il voyage, invisible, jusqu'en Égypte. Jean finit par découvrir l'auteur du vol, mais ce n'est qu'après avoir expérimenté l'espace et les ratés de l'atlas dans cet univers inhospitalier qu'il peut rapporter le livre à son point de départ.

Première partie

Une irrésistible envie

Chapitre 1

La malchance de Jean

Jean s'acharne en serrant les dents. Il a beau tortiller sa main, il ne peut aller plus loin. L'aiguille à tricoter, qu'il enfonce entre son plâtre et sa jambe, n'atteint pas le cœur du problème. Ça pique comme s'il élevait une colonie de fourmis dans son plâtre. Et il doit le garder encore une semaine. Autant dire une éternité !

Jean s'est cassé la jambe il y a un mois. Au tout début des vacances d'été. Un accident bête, alors qu'il voulait épater son ami Alex avec la planche à roulettes reçue en cadeau pour ses onze ans. Il a fait un « OLLIE », une figure toute simple qui consiste à faire lever, en même temps, les quatre roues de la planche. La première figure qu'on apprend lorsqu'on veut devenir un pro de la planche… Mais Jean n'a pas vu le caillou. Sa planche l'a projeté sur la bordure du trottoir et il a entendu un craquement horrible. Puis il a ressenti une douleur vive comme un coup de poignard. Oh ! pour épater Alex, il l'a épaté ! Le cri qui a suivi sa chute a dû s'entendre dans tout Québec. C'est ce qu'Alex a affirmé, en tout cas !

Par la suite, il y a eu l'hôpital, les radiographies, le plâtre et les béquilles. Jean était très fier au début, parce que tous ses copains sont venus le voir pour signer son plâtre. Même Magali, la jolie Magali, est entrée dans sa chambre. C'est elle, d'ailleurs, qui lui a apporté l'aiguille à tricoter, parce qu'elle sait, pour en avoir porté un, ce que ça fait, un plâtre.

Mais maintenant, alors que ses amis se baignent dans leur piscine et font du vélo ou de la planche, Jean, lui, est condamné à traîner son plâtre. Et il ne peut même pas se gratter. Il est couché sur son lit et il entend les ploufs que font ses voisins lorsqu'ils sautent dans l'eau, les éclaboussures et les cris de joie. Jean a fermé son store pour empêcher le soleil d'entrer dans sa chambre, mais surtout pour atténuer ces bruits qui le torturent. Il rêve de sortir de son plâtre, de son corps aussi. Il rêve de plonger dans l'atlas.

L'atlas n'a pas bougé du grenier depuis son retour de Rome, au printemps. Plus personne n'y a touché depuis que Catherine, la mère de Jean, se l'est fait voler. Jean a failli perdre sa mère et ils ont tous eu très très peur. Catherine a rangé l'atlas au grenier, dans l'armoire aux portes sculptées et personne n'a même osé vérifier s'il y était encore. Pourtant, c'est ce livre qui a permis à Jean de découvrir des pays et des gens extraordinaires et qui a fait de lui un aventurier[1]. Maintenant qu'il a onze ans, il n'a plus peur de rien... sauf peut-être des seringues et de la scie pour couper le plâtre !

Jean se souvient du jour où il a grimpé au grenier pour la première fois. Il y a découvert, caché derrière des boîtes de livres, une grande armoire aux portes de

---

1. Voir *L'atlas mystérieux* et *L'atlas perdu* de la même auteure.

bois. Les dessins sculptés sur les portes représentaient une espèce de vaisseau spatial décollant de la couverture d'un livre, l'atlas. Tout autour du vaisseau, on pouvait voir un ciel constellé d'étoiles et de symboles étranges. Jean a retrouvé ces mêmes symboles lors de ses voyages, en Égypte, entre autres et particulièrement sur l'Atlantide, la fabuleuse île disparue sous les flots.

Couché sur son lit, Jean imagine que les symboles s'échappent de la couverture du livre et que sa mission est de les retrouver tous, pour permettre à l'atlas de fonctionner de nouveau.

—Junior ! Junior ! Viens me voir !

Junior, c'est le petit frère de Jean. Il a maintenant quatre ans et, au grand désespoir de Jean, ils partagent toujours la même chambre. D'habitude, Jean préfère qu'il soit loin, surtout depuis qu'il a son plâtre et qu'il est condamné à demeurer à la maison. Mais là, Jean vient d'avoir une idée et il a besoin de son frère.

—On joue aux camions ?

—Non, Junior, tu vas monter au grenier.

—Youpi ! s'écrie le bambin, on monte au grenier !

—Non, TU montes au grenier. Moi, je ne peux pas y aller à cause de mon plâtre.

Junior regarde son grand frère sans comprendre :

—Papa ne veut pas…

—On ne le dit ni à papa ni à maman.

Là, frérot a saisi. Il met son doigt sur ses lèvres et fait « chut ! » en souriant. En clopinant sur sa bonne jambe, Jean installe la vieille chaise haute et fait grimper son frère dessus. La trappe qui ferme le grenier est trop lourde pour Junior. Jean prend une de ses béquilles et pousse très fort sur la planche de bois. La trappe s'ouvre en grinçant et Junior reçoit de la poussière dans les yeux.

—Aïe ! Ça pique ! Et il fait trop noir ! Je ne veux pas y aller !

—Attends, je te prête ma lampe de poche.

Jean ne prête jamais sa lampe de poche, surtout pas à Junior. Mais cette fois, c'est différent : il a absolument besoin de convaincre son frère. Et il se rappelle qu'il a eu peur, lui aussi, la première fois.

—Monte, je vais te dire quoi faire une fois en haut.

15

— Ouach ! fait Junior, il y a plein de poussière et ça pue ! Je veux redescendre !

— Pas tout de suite. Là, tu vas au fond du grenier. Tu vas voir des boîtes de carton.

Jean perçoit, au travers du plafond, les pas indécis de son frère.

— Tu les vois ?

— Oui… t'es sûr qu'il n'y a pas de monstres ?

— Mais non, ça n'existe pas les monstres. Maintenant, tu dois pousser les boîtes pour aller derrière. Tu vas découvrir une grande armoire.

Pendant un moment, il ne se passe rien. Puis, tout à coup : « Boum ! » et Junior se met à pleurnicher.

— J'veux pas y aller, j'ai trop peur.

— Mais non, tu es un grand garçon. As-tu trouvé l'armoire ?

— Celle avec les grandes portes ? C'est quoi le dessin ?

— T'occupe pas ! Maintenant, ouvre les portes et prends le livre qui est dedans. Tu le vois ?

Jean s'impatiente. Il aurait préféré le faire lui-même, mais son plâtre est trop encombrant pour qu'il puisse grimper.

— N'ouvre pas le livre, surtout ! D'accord, Junior ?

16

Jean n'entend plus son frère. Depuis plusieurs longues secondes. Des secondes qui se collent aux secondes. Là, il s'inquiète vraiment. Et si Junior a ouvert le livre et qu'il a mis son doigt sur une des cartes ? Ce serait la fin du monde ! Junior, ne sachant ni lire ni écrire, serait incapable de revenir. Finalement, son idée de le faire monter au grenier pour chercher le livre n'était pas si bonne que ça...

Chapitre 2

Un atlas et des poussières

Inquiet, Jean monte sur la chaise et essaie de se hisser avec la seule force de ses bras. Mais son plâtre est vraiment trop lourd. Il retombe sur sa jambe valide et s'assoit sur la chaise, épuisé. Il hurle :

—Junior ! Laisse tomber, Junior. Viens maintenant. Je te promets… une tablette de chocolat si tu descends tout de suite.

—Du chocolat ? D'accord, j'arrive !

— Tu m'as fait peur, p'tit frère. As-tu le livre ?

Junior a bien trouvé l'atlas, mais il est resté là-haut pour examiner une vieille bicyclette qui traînait dans un coin du grenier. En approchant de la trappe, son pied roule sur un vieux manche à balai. Junior pousse un cri. Il tombe de tout son long et échappe l'atlas qui passe par l'ouverture. Le livre effectue une pirouette avant d'atterrir sur sa tranche, deux mètres plus bas, dans un nuage de poussière bleue.

— Oups ! dit Junior. J'ai pas fait exprès !

En grognant, Jean examine l'atlas.

— J'espère que tu ne l'as pas abîmé.

Jean aide son frère à descendre, puis referme la trappe du grenier. Il regarde Junior dans les yeux et lui dit, en fronçant les sourcils :

— Papa va te punir s'il l'apprend.

Junior se fait tout petit.

— Tu lui dis pas, O.K.?

— Bon, je ne lui dis rien et toi non plus. Promis ?

— Promis ! C'est quoi, la « pourdre bleue » ?

— C'est ce qui rend ce livre magique !

— Il n'est plus magique, maintenant ?

—Je ne sais pas. Sors maintenant, je veux me reposer.

—Je veux rester. T'as dit que j'aurais du chocolat !

En soupirant, Jean fouille dans son tiroir et trouve une tablette entamée.

—Tiens ! Maintenant, va jouer en bas et dis bien à maman que je fais une sieste.

Jean pousse son petit frère hors de la chambre et verrouille la porte. Il a besoin de réfléchir. L'atlas est entre ses mains. Le livre qu'il s'est juré de ne plus toucher. Il sait très bien qu'il est dangereux. Qu'à cause de lui, il a failli perdre sa mère et que lui-même a failli se volatiliser dans une onde sonore quelque part dans l'espace.

Mais il ne peut pas faire autrement, il a le goût de s'évader et, surtout, surtout, de se débarrasser de son plâtre quelques instants.

Jean examine l'atlas. Le livre n'a pas semblé trop souffrir de sa chute. Il se rappelle qu'il s'en est servi pour tuer une vieille lionne, en Afrique, lors de son premier voyage. C'était ça ou la mort d'un des jeunes garçons du village. Lorsqu'il a fracassé la tête de la bête sauvage, il a cru entendre un coup de tonnerre et un craquement affreux, pourtant l'atlas ne portait même pas une éraflure.

Ce qui trouble Jean, c'est la poussière bleue qui s'est échappée du livre. La poussière bleue qui est tombée sur la manche de la robe de mariée de sa mère, et qu'il a bien tenté de récupérer.

Jean ouvre l'atlas qui luit de sa faible lumière bleutée. Il feuillette les pages à la recherche d'une carte intéressante. Il sait qu'il ne veut pas voyager, pas tout de suite en tout cas, il veut seulement rêver. Il examine une carte de la Norvège, avec ses fjords et ses Vikings, une du Japon avec ses Ninjas, une autre du Pôle Nord, avec, dessinés dans un coin, le Père Noël et ses rennes.

Tous ces pays ne l'attirent pas vraiment. Ce que Jean aime par-dessus tout, dans ces voyages, c'est changer de personnalité. Comme dans les jeux de rôles dans lesquels il incarne le chevalier, sans peur et sans reproche, qui brave tous les dangers pour sauver la jolie princesse. Ça, c'est une aventure qui lui plairait. C'est une aventure pour laquelle il prendrait peut-être le risque de voyager à nouveau dans l'atlas. Certainement pas pour moins que ça.

C'est alors qu'il découvre une carte de la France médiévale, une carte avec des dessins de chevaux et de chevaliers en armure, combattant à la lance et à l'épée. Il caresse les chevaux du bout du doigt, perdu dans ses pensées. Tout à coup, le livre aspire son doigt et, avant qu'il ait pu retirer sa main, l'atlas se referme sur lui, l'emportant dans les spirales lumineuses et ouatées du temps et de l'espace. Jean n'a pas le loisir de regretter son geste que, déjà, le livre le rejette sur un lit moelleux, dans une pièce sombre et silencieuse, quelque part, en un temps incertain...

Deuxième partie

Le chevalier de Frontenac

Chapitre 1

Sortez que je m'habille !

L a première chose dont Jean s'assure lorsqu'il se réveille, c'est de la présence de l'atlas. Il est bien là, sous l'oreiller, comme à chacun de ses voyages. Jean bouge ses jambes et s'aperçoit avec un immense plaisir qu'il n'a plus de plâtre. Il en sauterait de joie.

Mais voilà, il n'est pas seul dans la pièce. Une jeune fille, de quelques années son aînée, est assise à son chevet. Intimidé, il l'observe entre ses paupières mi-closes : elle est habillée d'une robe en tissu rude, jaunâtre, sur laquelle elle porte un tablier blanc. Son visage est couvert de taches de rousseur et sur ses cheveux rouge carotte est posé un bonnet plutôt rigolo. Gênée de se faire ainsi dévisager, elle détourne les yeux vers le plafond. Jean suit son regard et il remarque, au-dessus du lit, une grande voilure, un baldaquin. La chambre est richement décorée malgré l'apparence rudimentaire des meubles. Du bois, seulement du bois, pas de métal ni de plastique. Il doit être dans le passé, mais chez quelqu'un d'assez fortuné.

—Hum ! finit par dire Jean, est-ce que vous pouvez sortir, que je m'habille ?

La jeune fille est intriguée :

—Pardon ?

—C'est que je voudrais m'habiller ! Je… je ne suis pas sûr d'être… présentable, là-dessous.

Elle commence à rire :

—Je suis ici pour vous aider à vous habiller, justement !

—NON ! Euh… Je veux dire… je suis capable de le faire moi-même, bredouille Jean, de plus en plus gêné.

Jean n'aime pas la tournure des événements. Il n'a pas le goût de se changer devant une fille. On a sa dignité, quand même ! Il déteste sa voix aussi. Une petite voix aiguë, pas très convaincante. La jeune servante insiste :

— Dois-je vous rappeler l'événement auquel vous devez assister aujourd'hui ?

— Allez ! Faites !

— Mais voyons ! Vous en avez parlé toute la semaine ! C'est la joute des apprentis chevaliers, et si vous ne sortez pas de votre lit au plus vite, vous serez en retard.

— Ah oui ? Alors, laissez mes vêtements sur le coin du lit et sortez. Je vais m'habiller tout seul.

La jeune servante hausse les épaules, lève les yeux au plafond et finit par sortir de la chambre. Jean descend du lit et regarde son pyjama, sa chemise de nuit plutôt, toute blanche, avec de la dentelle.

— Ouach ! s'exclame-t-il. Une chemise de nuit en dentelle, quelle horreur !

Il fait encore sombre dans la pièce. Jean se dirige vers la fenêtre pour ouvrir les volets. Il passe rapidement devant un grand miroir sur pied. Malheur ! Il y a encore une fille dans la chambre ! Une fille avec une chemise blanche, comme la sienne, un visage sympathique et de longs cheveux blonds bouclés. Plutôt jolie, quand même ! Jean se retourne pour lui demander de sortir, mais il se rend compte avec stupéfaction qu'il est seul. Il revient devant le miroir et manque s'étouffer de surprise : la jeune fille aux longs cheveux blonds, c'est lui ! La chemise à dentelles, c'est à lui ! La petite voix haut perchée, c'est la sienne !

—AAAAAAHHHHHHHH !

La jeune servante accourt dans la chambre, inquiète.

—Que se passe-t-il, princesse Marie-Jeanne ?

—Je suis une FILLE !

—Euh… oui ! Depuis onze ans, déjà ! Vous avez fait un cauchemar ?

—Non, je FAIS un cauchemar ! Je suis une fille !

—Oh ! Vous ! Quand allez-vous cesser ces enfantillages ? Bon, voilà ce que nous allons faire, princesse Marie-Jeanne : nous allons nous habiller, ensuite déjeuner avec votre mère, la reine, puis nous allons assister à la joute des apprentis chevaliers.

—Non, je ne peux pas, s'exclame Jean, encore sous le choc.

—Bien sûr que vous pouvez, princesse ! Et vous le devez : le gagnant de la joute recevra un baiser de vous ! C'est le prix décerné au vainqueur.

— Quoi ? Je dois embrasser un garçon ? Je suis venu ici pour devenir chevalier, pas pour avoir à… Beurk ! Je ne veux même pas y penser ! Amenez-moi des vêtements de garçon. Je vais la faire, moi, cette joute !

La servante croise les bras sur sa poitrine et regarde la princesse avec impatience. Elle est habituée à ce genre d'excentricité de sa part, mais aujourd'hui, décidément, la plus jeune représentante de la famille royale exagère… royalement !

— Mais c'est impossible : les femmes, et encore moins les princesses, ne peuvent participer à la joute ni devenir chevalier. C'est contre les règles de bienséance !

— Les règles de bienséance ? Une fille ne peut pas devenir chevalier ?

Jean est stupéfait. L'atlas a dû commettre une erreur. Lui, dans le corps d'une fille, et il ne peut même pas devenir chevalier. Autant dire qu'il a fait ce voyage pour rien. Il réfléchit en fronçant les sourcils :

— Quel est votre nom ?

— Mais… Miranda, voyons ! Je suis à votre service depuis votre naissance.

— D'accord Miranda. Qu'est-ce que vous désirez le plus au monde ?

— Moi, princesse ? Mais je suis votre servante, je n'ai pas le droit de vous demander quoi que ce soit. C'est sûr que si vous vous habillez, vous réaliserez déjà un de mes souhaits…

— Et si je vous demandais un très grand service ? Quelque chose qui pourrait mettre votre vie en danger ?

— Princesse Marie-Jeanne, vous pouvez me demander tout ce que vous voulez, tant que vos parents ne s'en offensent pas. Je ne veux pas perdre leur confiance ni ma place ici.

— Vous avez des parents ?

— Est-ce qu'on a vraiment le temps de discuter de ça ?

Jean sourit malicieusement :

— Je promets que lorsque vous aurez répondu à mes questions, je m'habillerai sans dire un mot.

— Bon, si vous promettez, soupire Miranda. Je vous rafraîchirai la mémoire en vous rappelant que je n'ai plus que ma mère, mais que je ne la vois jamais. Elle habite la forêt.

— Pourquoi ne vit-elle pas ici, avec vous ?

— Ils disent qu'elle est… une sorcière ! Mais ce n'est pas vrai ! Je vous le jure ! Elle connaît les plantes qui guérissent et elle a sauvé beaucoup de paysans. Mais ils ont peur des sorcières et ils les font brûler…

Jean avait entendu parler du sort réservé aux prétendues sorcières, la plupart du temps de pauvres femmes qui en connaissaient un peu plus que les autres sur les plantes et la médecine.

—Miranda, si vous m'aidez, je ferai tout ce qui est en mon pouvoir pour que votre mère vienne habiter au château. Ils ont certainement besoin de quelqu'un de bien pour les soigner. Voulez-vous m'aider ?

La jeune servante se tortille en regardant ses souliers. Jean imagine qu'elle doit lutter entre le désir de revoir sa mère et son vœu d'obéissance envers la famille royale. Puis Miranda relève la tête et regarde la princesse droit dans les yeux.

—Ça dépend ! Je n'accepte pas de vous faire sortir en pleine nuit pour cueillir des champignons sauvages. Je n'accepte pas de vous accompagner, encore une fois, chez le prêtre pour que vous épousiez votre copain Ulric ; je n'accepte pas...

– O.K.! O.K.! Ce n'est rien de tout ça. C'est encore mieux que ça !

—Je ne sais pas... Je veux, bien sûr, revoir ma mère, mais je ne veux pas qu'il vous arrive malheur.

—Allez... S'il vous plaît, Miranda.

La jeune fille, plus habituée à recevoir des ordres que des demandes, rougit et bafouille :

— Bon, d'accord. J'espère que je ne le regretterai pas, cette fois. Mais vous devez me promettre d'être très prudente.

Jean sourit. Finalement, ce voyage commence à devenir drôlement plus intéressant.

— Je veux des vêtements de garçon, une armure, des armes et un cheval. Je vais participer à la joute des apprentis chevaliers !

Chapitre 2

Le preux chevalier

Après avoir pris le petit-déjeuner en présence de la reine, Jean retourne dans sa chambre où Miranda a rassemblé tout le fourbi du parfait chevalier. Avec la lourde armure de fer ajustée sur son corps, Jean se sent comme une tortue dans une carapace. C'est pire que lorsqu'il portait son plâtre.

Miranda attache les magnifiques boucles blondes de Jean et lui pose un heaume sur la tête. Le heaume est un casque de métal qui cache tout le visage, ne laissant qu'une fente au niveau des yeux. Parfait pour conserver l'anonymat ! Finalement, Miranda fixe le fourreau de l'épée à sa ceinture et lui présente une magnifique épée de fer, finement ciselée. Une vague de chaleur monte aux joues de Jean. Son rêve se réalise enfin. La jeune servante lui demande sous quel nom la princesse combattra. Jean réfléchit quelques secondes, puis déclare :

—Sieur Jean de la Noix, chevalier de Frontenac !

—Opale, votre cheval vous attend aux écuries royales, sieur Jean de la Noix, « apprenti » chevalier de Frontenac. J'espère qu'il vous reconnaîtra, avec tout cet accoutrement. Il n'aime pas que quelqu'un d'autre le monte.

—Il n'y a pas de cheval plus... docile ?

—Que vous êtes bizarre, princesse ! Allez ! La compétition débute à deux heures.

—Bon d'accord ! Mais j'y pense : tous les gens vont s'attendre à ce que la princesse Marie-Jeanne... euh, je veux dire, à ce que JE regarde la compétition, étant donné que JE suis le trophée. Tu ne pourrais pas me remplacer, juste pour cette fois ?

—Oh non ! C'est trop dangereux ! Le roi et la reine s'en apercevront à coup sûr.

Mais j'y pense, ils vont à la chasse aujourd'hui. Ça pourrait fonctionner. Et si c'est moi qui reçois le baiser du gagnant, je veux bien prendre cette chance !

—D'accord pour le baiser ! Et quoi qu'il advienne, je ferai tout pour que votre mère vienne au château.

Jean ne tient plus en place. Fatiguée de voir la princesse aussi nerveuse, Miranda lui suggère de s'exercer avant la joute. Jean n'a jamais combattu à l'épée, sauf sur sa console de jeux vidéo et il n'est monté à cheval qu'une seule fois, lors de son aventure au Klondike. À ce moment-là, il n'avait pas, sur le dos, cette armure qui pèse une tonne et la jument ne faisait pas la difficile.

Sur les conseils de Miranda, il descend dans la cour intérieure et sort son épée. Elle est large et lourde et il se rend compte, après quelques mouvements, qu'il n'est pas aussi fort que d'habitude.

« Bien sûr, j'ai un corps de fille ! Et d'une princesse en plus ! »

C'est vrai que la princesse est beaucoup plus mince que lui, mais ce qu'il ne sait pas, c'est que Marie-Jeanne n'a rien à envier aux garçons pour ce qui est des arts de combat. Après avoir effectué quelques moulinets avec son épée, Jean lutte contre un féroce adversaire imaginaire. Il range bientôt l'épée dans son fourreau puis s'empare de la lance. Elle est faite de bois, très longue et lourde. La pointe émoussée est en métal. Assez émoussée pour ne pas blesser sérieusement, mais suffisamment pour laisser une belle ecchymose, si on la reçoit de plein fouet.

Jean manipule la lance quelques minutes pour s'habituer à son poids et à son centre de gravité. Miranda lui a expliqué qu'il devra la tenir d'une seule main pendant qu'il dirigera sa monture de l'autre, puis, à la dernière seconde, il lui faudra lâcher la bride du cheval et saisir la lance à deux mains pour essayer d'en frapper son adversaire. Sans tomber lui-même. « Oh non ! songe Jean, ce ne sera pas de la tarte ! »

Lorsqu'il traverse la grande cour qui le mène aux bâtiments extérieurs, Jean aperçoit une forme furtive qui disparaît derrière une colonne. Un homme ou une femme, impossible à déterminer à cette distance, habillé avec un ample vêtement brun. Une tunique avec un capuchon. Jean n'a eu que le temps de l'entrevoir, mais

cette apparition le rend mal à l'aise. Il observe de nouveau la cour. Personne. Il se déplace de quelques pas puis se retourne brusquement. Toujours personne. Puis, il se rassure : avec le heaume qui lui cache tout le visage, il doit ressembler à n'importe quel apprenti chevalier venu participer à la joute. Jean touche l'atlas, dissimulé sous son armure, et pense que ce sera peut-être sa meilleure arme en cas de danger.

Une odeur de foin coupé et de pommes de route conduit Jean directement aux écuries. Dans le bâtiment en pierre, il compte une vingtaine de stalles occupées par des chevaux magnifiques. Le plus extraordinaire de ceux-ci est une jument blanche, à la crinière tressée, avec une couverture brodée d'or sur le dos. Au-dessus de la porte, un nom est gravé : OPALE. Un garçon d'écurie, affolé, arrive au moment où Jean ouvre la porte.

—Vous ne pouvez pas toucher à ce cheval !

—Et pourquoi donc ?

—Parce qu'il appartient à la princesse Marie-Jeanne. Éloignez-vous ou j'appelle la garde !

—Quel est ton nom, garçon ?

—Frédrix, sire.

— Alors, Frédrix, j'ai ici un billet signé de la main de la princesse. Elle me prête son cheval pour la joute.

— J'en doute. De toute façon, ce cheval n'obéit qu'à la princesse.

— C'est ce que nous verrons.

Jean tend le papier qu'il a lui-même rédigé, mais Frédrix fait signe qu'il ne sait pas lire. Le sceau royal semble pourtant le convaincre, car il selle le cheval sans ajouter un mot. Jean s'approche. La jument le hume et devient tout énervée. Elle renâcle et s'agite, approche sa tête immense de Jean, qui recule derrière la porte. Il n'aime pas ça du tout. Et il se sent gauche avec son armure sur le dos et son épée qui bat contre ses jambes à chacun de ses pas.

Le palefrenier sort le cheval à l'extérieur et installe un tabouret. Il aide Jean à monter sur sa monture, ajuste les étriers, puis recule, les bras croisés, un sourire narquois aux lèvres. Jean sait très bien qu'il attend que le cheval l'envoie dans le décor, ce qui va sûrement arriver s'il se fie à ce que disent Miranda et Frédrix.

Jean prend les rênes et émet un clappement avec sa langue pour faire avancer son cheval. Sous le regard ahuri de Frédrix, Opale se met au pas. Jean tire sur la rêne droite et le cheval tourne à droite, puis il appuie sur celle de gauche et sa monture se dirige vers la gauche. Un jeu d'enfant !

L'apprenti chevalier jubile : la jument lui obéit au doigt et à l'œil et elle ne semble pas faire la différence entre lui et Marie-Jeanne. C'est vrai qu'il a le corps et l'odeur de la princesse, même si tout cela est bien caché sous une armure et des vêtements masculins.

Chapitre 3

La petite joute

Une clameur enthousiaste monte des plaines entourant le château, là où des gradins ont été érigés pour accueillir les spectateurs venus assister aux compétitions. La petite joute est l'occasion pour les apprentis chevaliers, de jeunes garçons âgés de dix à seize ans, de démontrer leur savoir-faire. Chaque année, le roi invite ses sujets, paysans, artisans et soldats pour cette fête. Il n'y assiste que très rarement.

La grande fête dure deux jours et, le lendemain, ce sont les seigneurs, nobles et gens importants qui se présentent pour assister à la grande joute. Réservée aux vrais chevaliers, cette joute réunit des hommes valeureux qui y disputent les couleurs de leur royaume. Les dames et les jeunes filles en âge de se marier se pressent dans les gradins, vêtues de leurs plus élégantes robes à dentelles.

Aujourd'hui, le roi, pour la petite joute, a délégué sa fille unique, la princesse Marie-Jeanne, pour le représenter. Miranda est donc seule dans la loge royale, le visage dissimulé derrière un voile

Une parade s'improvise et Frédrix entraîne Opale et Jean pour un tour devant les gradins royaux. La foule applaudit les apprentis chevaliers, magnifiques dans leur armure qui étincelle au soleil, et leurs chevaux tout aussi admirables sous leur cuirasse colorée.

Lorsque Jean se présente devant Miranda, elle lui fait un signe de la main pour lui signifier que tout va bien. Jean aimerait montrer autant d'enthousiasme, mais il est nerveux. Pour la compétition, d'une part, mais aussi parce qu'il vient d'apercevoir, derrière les colonnes de la cour intérieure, la personne qui semblait l'épier tout à l'heure. Jean n'a pas la possibilité d'identifier son visage, mais il reconnaît la longue tunique brune et le capuchon remonté sur la tête, vêtement pour le moins étrange par cette chaude journée d'été. La personne disparaît à nouveau dans la foule et Jean porte son attention sur les premiers concurrents qui se mettent en place.

Aux extrémités du terrain et de chaque côté d'une clôture de bois, les deux adversaires se font face. La lance en l'air, ils attendent le signal pour lâcher leur monture. Le drapeau jaune s'abaisse et les chevaux commencent à galoper. On entend la foule devenir de plus en plus tendue à mesure que la distance diminue entre les apprentis chevaliers. Les lances descendent et se pointent en direction de l'adversaire. Le choc est brutal, les lances éclatent en morceaux, mais les cavaliers restent vaillamment en selle. Ils reprennent leur position sous les applaudissements de la foule. Les garçons d'écurie redonnent une nouvelle lance à chacun.

— Ils sont bons, vous ne trouvez pas ? se permet de dire Frédrix qui n'a pas lâché la bride d'Opale.

— Euh... oui, en effet. Ils sont excellents ! bégaie Jean, dont les jambes tremblent sous sa cuirasse.

Le deuxième affrontement est aussi violent que le précédent, les adversaires étant de force égale. Cette fois-ci, lorsque les lances cassées tombent par terre, les deux concurrents sautent en bas de leur monture et sortent leur épée. Ils s'engagent dans un duel qui doit déterminer le gagnant. Les épées s'entrechoquent avec un tintement clair, et les rivaux se meuvent avec aisance malgré leur armure lourde et encombrante. Au bout de longues minutes de combat, un des concurrents trébuche et se retrouve au sol, l'épée de son adversaire sur la gorge.

Selon le règlement, le vaincu, s'il en est encore capable, peut demander grâce et se retirer sans perdre la vie ou l'honneur. La foule retient son souffle en attendant un signe du combattant. Le perdant lève enfin la main et le vainqueur l'aide à se relever. L'assistance applaudit avec enthousiasme pendant que, tête basse, celui qui espérait une place sur la tribune royale se retire en cédant son cheval et son épée au gagnant.

Jean n'en revient tout simplement pas :

« Dans quelle galère me suis-je embarqué ? »

Alors que Jean se dit que son idée de participer à une joute, sans aucun entraînement et dans le corps d'une fille, princesse par-dessus tout, est l'idée la plus suicidaire qu'il a eue de toute sa vie, il entend l'annonce des prochains concurrents :

— En blanc, le sieur de Frontenac, sur Opale, la jument de la princesse Marie-Jeanne, affrontera le sieur de Forêt Noire sur Ténèbres. Dois-je vous indiquer leur couleur ? ajoute le commentateur en riant.

Ses paroles résonnent dans la tête de Jean, ainsi que les ho ! respectueux de la foule à l'annonce de son concurrent. Forêt Noire sur Ténèbres. Le meilleur, le gagnant des tournois des trois dernières années. On ne lui a pas fait de cadeau. Avant que Jean puisse se désister, Frédrix saisit la bride d'Opale et les conduit à l'extrémité du terrain.

Jean regarde autour de lui, affolé. Personne ne peut l'aider maintenant, pas même l'atlas qu'il n'a pas eu le temps d'activer avant la joute. Il jette un regard en direction de la loge royale où, cachée derrière son voile, Miranda lui fait désespérément signe de la main. Il ne comprend pas. Elle passe sa main dans ses cheveux et fait mine de tourner une de ses tresses. Jean ne sait pas si elle est nerveuse pour lui ou... Il passe sa main dans son cou et sent alors une de ses propres tresses flotter à l'air libre. Oh non ! Il ne manquait plus que ça ! Il essaie de la glisser sous son heaume puis renonce. Il a bien d'autres chats à fouetter !

Jean examine son adversaire. Même à cette distance, il lui paraît immense dans son armure noire, monté sur un cheval aussi sombre que la nuit. Si Jean avait à se décrire, lui, dans son corps de fille, sur sa monture blanche, il dirait qu'il a la douceur et la légèreté de la neige, et qu'il va sûrement fondre au premier contact.

Le drapeau jaune est abaissé. Jean entend le hennissement du fougueux cheval noir et le martèlement de ses sabots sur le sol. Il n'a pas le choix, il doit y aller. Il saisit la lourde lance et donne un coup de talon à sa monture. Opale démarre comme une flèche, désarçonnant presque Jean. Une rumeur monte de la foule. Jean réussit à remettre son pied dans l'étrier et regarde son adversaire qui fonce sur lui. La distance entre les deux opposants diminue. Jean remarque les yeux du cheval, des yeux noirs et déments, et l'écume blanche à son mors. Jean utilise toute la force de son bras droit pour mettre sa lance à l'horizontale. Mais il est trop tard, le chevalier noir est sur lui. Jean n'a pas le temps de saisir sa lance à deux mains. La pointe dévie sur le bois de l'autre lance et les deux armes s'entrecroisent devant les chevaux qui continuent leur course folle. Le choc des lances sur les armures est si violent que Jean n'a d'autre choix que de lâcher prise. Il se retourne et voit sa lance éclater en morceaux et tomber au sol. Son opposant a toujours sa lance en main et il la soulève dans les airs avec un hurlement de victoire.

Des rires montent de l'assistance, quelques applaudissements aussi, de la part de Miranda qui se rassoit rapidement, voyant qu'elle est seule à encourager le piètre chevalier. Jean lui envoie la main, trop heureux d'être toujours en vie.

Opale revient docilement au point de départ où Frédrix attend Jean, une nouvelle lance à la main. Il le regarde approcher avec un air méprisant.

—Si le sieur de Frontenac veut bien tenir sa lance, peut-être ne serons-nous pas éliminés au premier tour.

Jean regarde la nouvelle lance avec effroi.

—Je dois vraiment y retourner ?

—À moins que vous déclariez forfait, ce qui ne serait pas en votre honneur.

—C'est que…

Jean n'a pas le temps de finir sa phrase que le garçon d'écurie donne une grande claque sur la fesse de la jument. Opale envoie une ruade en direction du palefrenier qui s'est prudemment éloigné, puis s'élance au galop. Jean se cramponne à la bride d'une main et à la lance de l'autre. Il se rend compte avec horreur que l'atlas est en train de glisser de sous son armure. Il lâche la bride, serre sa monture avec ses genoux et rattrape le livre avant que celui-ci ne sorte complètement. Il se penche vers l'avant et lui fait reprendre sa place à la hauteur de sa poitrine. Puis il jette un coup d'œil sur son adversaire.

Il est trop tard ! La seule chose possible, maintenant, c'est de faire dévier sa monture de sa trajectoire. Il laisse tomber sa lance et cherche désespérément les rênes sur le cou d'Opale. Ses mains ne rencontrent que la crinière de la jument, alors que les rênes pendent sous son cou, hors de portée. Jean relève les yeux et croise le regard triomphant du cavalier noir.

À cet instant, la pointe de la lance s'enfonce profondément dans l'armure de Jean qui sent l'air se retirer de ses poumons. La lance poursuit sa course vers le haut et se casse. Jean est projeté en

50

l'air, comme un pantin au bout d'un bâton. Au ralenti, il voit le ciel se rapprocher, les gradins où la foule s'est levée, l'étranger au capuchon brun qui court dans sa direction, puis le sol qui fonce vers lui.

Le craquement de la lance et une intolérable douleur au creux de sa poitrine absorbent les derniers instants dont Jean a conscience. Ensuite, tout devient noir et paisible.

La foule s'est massée autour de la victime inanimée. Personne ne parle. Le soigneur de la compétition retourne l'apprenti chevalier sur le dos.

— Quelqu'un le connaît ?

La foule reste silencieuse. Le heaume enlevé, c'est un murmure incrédule qui s'élève :

— C'est la princesse ! La princesse Marie-Jeanne ! C'est horrible, la princesse est morte !

Le soigneur grogne qu'elle ne l'est pas encore, mais que si personne ne l'aide, c'en sera fait de l'héritière du royaume. Il débarrasse la princesse de son armure, sauf de la partie qui recouvre la poitrine, où la pointe cassée de la lance est profondément enfoncée. Il la fait transporter dans les appartements royaux et envoie un messager prévenir le roi et la reine ainsi que les meilleurs médecins de la région.

La nouvelle s'est répandue comme une traînée de poudre : la jeune fille assise dans les gradins n'était pas la princesse, mais sa servante ! Inconsolable, Miranda pleure aux côtés de la jeune demoiselle dont elle avait la garde et la confiance. La princesse va mourir. Par sa faute.

Chapitre 4

La fureur du roi

Miranda est au chevet de la princesse. Elle lui éponge le front en sanglotant. Elle ne comprend pas pourquoi sa maîtresse est devenue subitement si bizarre. Pourquoi participer à une joute, un jeu de garçons, dangereux et sans intérêt ? Et pourquoi elle, Miranda, n'a-t-elle pas été assez sage pour l'en dissuader ? Avec précaution, la jeune servante met la main sur la pointe cassée de la lance. Marie-Jeanne ouvre les yeux et murmure dans un souffle :

— Enlevez-moi cette armure, j'étouffe !

Miranda est abasourdie. La princesse est bien vivante. Avec une telle pointe dans la poitrine, elle ne devrait même pas parler.

— Je vais vous faire mal, la pointe s'est enfoncée dans votre poitrine.

— Tirez sur la lance, elle m'empêche de respirer

— Je ne peux pas, je dois attendre les médecins.

— Non, faites-le tout de suite. Tirez un bon coup et libérez-moi de l'armure. J'étouffe !

À contrecœur, Miranda s'agenouille sur le lit de la princesse et pose ses deux mains sur l'extrémité cassée de la lance. Elle ferme les yeux et tire. La pointe résiste un moment, puis sort d'un coup sec. Miranda s'attend à voir le sang jaillir mais la pointe est sèche, et... très effilée. Comme une pointe de lance pour le combat.

Elle se rend compte avec effroi que le jeune sieur de Forêt Noire a triché et qu'il aurait pu tuer la princesse. En remerciant le ciel, Miranda enlève l'armure et un livre ! C'est un livre à la couverture de bois qui a arrêté le trajet mortel de la lance. Elle le dépose sur la table de nuit. Sur la poitrine de la princesse, il n'y a qu'une ecchymose.

— C'est un miracle ! Vous n'avez rien, princesse !

— Le livre ? Où est-il ? Est-il abîmé ?

La servante ne comprend pas pourquoi Marie-Jeanne s'intéresse tant à ce livre à la couverture de bois.

— Il a un gros trou, mais ça n'a pas d'importance, vous êtes vivante !

— S'il vous plaît, Miranda, cachez ce livre sous l'oreiller et n'en parlez à personne. À personne, vous avez bien compris ?

— D'accord, mais promettez-moi de ne plus jamais recommencer une chose pareille. C'était une folie et je vais sûrement perdre ma place, et peut-être la vie, pour vous avoir aidée à faire une chose pareille.

— Ne vous inquiétez pas, Miranda. Je tiendrai ma promesse et votre mère vous rejoindra au château. Maintenant, aidez-moi à m'asseoir.

À ce moment entrent le roi et la reine, accompagnés de plusieurs médecins. Le roi est furieux, la reine pleure comme une Madeleine et les médecins traînent de lourds instruments de chirurgie. Ils s'arrêtent au pied du lit de la princesse, bouche bée. Le roi retrouve le premier la parole :

—Marie-Jeanne, Dieu soit loué, tu es vivante ! On nous avait dit que tu étais... morte !

—Eh bien non ! J'avais seulement perdu connaissance.

—Alors explique-moi ce que tu faisais à concourir dans une joute ? Une épreuve pour les hommes ! Tu voulais te tuer ?

—Euh... non, bien sûr, père ! Je voulais essayer, c'est tout. Mais je vois que ce n'est pas un truc pour moi !

—Un truc ? Peu importe comment tu appelles cela, ce que tu as fait était irréfléchi, téméraire et indigne de ma fille ! Je te prive de ton cheval pour un mois. Et interdiction de jouer avec les garçons.

Puis le roi se tourne vers la jeune servante :

—Miranda, j'exige des explications. Pourquoi avez-vous laissé faire ma fille ? Et la pointe de lance, pourquoi l'avez-vous enlevée ? Vous auriez pu la tuer...

Miranda bredouille que la pointe était très acérée, que le jeune sieur de Forêt Noire avait triché et que c'est lui qui devrait être puni. Devant la colère grandissante du roi, elle baisse la tête et commence à gémir.

La princesse prend la parole :

— Tout est de ma faute, père. C'est moi qui ai tout organisé et je ne lui ai pas laissé le choix. Miranda a enlevé la pointe à ma demande. Je n'ai presque rien. Le prince noir a peut-être triché, mais il ne pouvait pas savoir que j'étais son adversaire. Ne punissez pas Miranda, je vous en prie.

— Et pourquoi devrais-je l'épargner ?

— Parce qu'elle a hérité du même don de guérison que sa mère et je veux que ce soit elle qui me soigne.

— « Don » ? Tu veux dire que c'est une sorcière, elle aussi. Qu'on se saisisse de Miranda et qu'on prépare un bûcher. Non, deux bûchers : sa mère brûlera à ses côtés !

Deux cris d'horreur s'élèvent dans la chambre : Miranda d'abord, qui tombe sans connaissance au pied du lit, puis Marie-Jeanne qui, lentement, glisse sous ses draps, la main sur sa poitrine. Elle murmure d'une voix blanche :

— Je me sens mal, je crois qu'il y avait du poison sur la pointe. Il n'y a qu'une personne qui peut me guérir, c'est la mère de Miranda. Allez la chercher… vite !

Puis, voyant que les médecins se précipitent à son chevet, elle se met à hurler :

— NON ! Pas vous, vous allez me tuer ! Non, mère, ne les laissez pas approcher. Il n'y a que la mère de Miranda pour me sauver.

Et la princesse pousse un dernier gémissement et perd conscience. Le roi regarde la reine, qui empêche les médecins de s'approcher de sa fille mourante, puis Miranda, affalée sur le sol comme une poupée de chiffon. Il hausse les épaules en soupirant puis donne l'ordre d'aller chercher la mère de Miranda. Et voyant le regard offensé des médecins, il ajoute :

— Ne faites pas de mal à cette femme. Je veux qu'elle soigne ma petite fille chérie.

Il fait sombre dans le château. Le crépuscule glisse lentement sous la couverture de la nuit. Miranda est revenue au chevet de Marie-Jeanne. Sa mère termine de préparer une potion à base d'herbes. Elle s'approche du lit :

— Réveille-la, ma fille. Il faut qu'elle boive pendant que c'est chaud.

— Je n'en veux pas, dit la princesse en ouvrant les yeux. Je ne suis pas mourante. J'ai fait semblant, pour être sûre que vous puissiez entrer au château.

— Oh ! Princesse, j'ai eu tellement peur que vous ne soyez vraiment malade. Ne refaites plus jamais une chose pareille, même pour nous !

—Je n'ai pas été très gentille de vous entraîner dans cette aventure, Miranda. J'espère seulement ne pas vous avoir causé trop d'ennuis. Je sais que j'ai eu l'air très étrange depuis ce matin et peut-être que je le serai encore quelques jours. Alors, soyez gentille, expliquez au roi et à la reine que j'ai encore besoin de vos soins et de ceux de votre mère. Maintenant, j'aimerais que vous m'apportiez de quoi écrire.

Jean, qui a joué à merveille le rôle de Marie-Jeanne depuis l'accident, songe qu'il est maintenant temps de partir. Il sort l'atlas de sous l'oreiller et l'examine attentivement. La lance a fait un gros trou dans la couverture de bois, trou qu'il aurait eu dans le cœur si le livre ne l'avait pas absorbé. Jean essaie d'ouvrir l'atlas. Il n'y arrive pas. Est-ce parce qu'il est devenu très faible à cause de l'accident ? Il demande à Miranda de l'aider mais, même à eux deux, ils ne parviennent pas à ouvrir le livre. Jean commence à avoir très chaud. L'atlas est… soudé ! Inutilisable !

Jean juge que le pire est maintenant arrivé : il est coincé au XIVe siècle, dans le corps d'une fille. D'accord, ce n'est pas d'être dans le corps d'une fille qui est si grave, mais c'est d'être dans le corps d'une fille au Moyen Âge. Être une princesse, c'est peut-être mieux que fille et c'est sûrement moins pire que servante ou sorcière, mais Jean ne veut absolument pas rester coincé ici. Ce n'est pas son monde, ce n'est pas sa vie. Il a beau vouloir voyager pour découvrir le monde, il aime son pays, sa ville, son siècle, toutes les merveilles que la science et la technologie mettent à sa disposition. Revenir plusieurs siècles en arrière, c'est dire adieu à trop de choses.

Un bruit lui fait lever les yeux de l'atlas brisé. Quelqu'un, au fond de la chambre, vient d'entrer et se tient dans l'ombre. Jean attend, de plus en plus mal à l'aise. Pourquoi cette personne ne se montre-t-elle pas ? Miranda se lève et se dirige lentement vers la porte. D'une voix tremblante, elle demande à l'inconnu :

— Qui êtes-vous ? Que faites-vous ici ?

L'inconnu avance vers le lit et annonce, d'une voix caverneuse :

— Je viens pour le livre !

Jean est sûr que c'est l'étranger à la tunique brune. Un homme, selon son timbre de voix. Pris de panique, il essaie de toutes ses forces d'ouvrir le livre. Mais il est aussi soudé que tout à l'heure. Il le

60

retourne dans tous les sens, cherchant une solution, alors qu'il entend les pas traînants de l'étranger qui approche. Ses doigts parcourent nerveusement les motifs de la couverture. Ils s'arrêtent sur la bordure du trou, en font le tour, à plusieurs reprises. Le livre devient tout à coup chaud et lumineux. Il devient bleu !

Jean sursaute : il ne sait pas comment ni pourquoi, mais l'atlas est activé, prêt à l'entraîner loin de ce château, loin du corps de cette princesse médiévale, et surtout, loin de cet homme mystérieux. Sans attendre, Jean enfonce plus profondément son index dans le trou de la couverture. Son doigt, sa main, son bras et enfin tout son corps sont absorbés dans le livre magique, le long d'un tunnel lumineux et ouaté, vers une destination que seul l'atlas connaît.

Troisième partie

Le nœud du problème

Chapitre 1

Dur réveil

L'air est tiède et dégage des effluves de feuillage et de gaz d'échappement. Des klaxons, des bruits d'usine, des murmures de vie montent tout autour. Tout près, un merle entame sa ritournelle matinale. Les yeux fermés, Jean s'étire en bâillant. Il s'émerveille d'être toujours en vie et d'être arrivé, sinon dans son monde à lui, au moins dans un siècle civilisé où les voitures existent. Jean essaie d'imaginer dans la peau de qui il va émerger, comme une nouvelle naissance. Plus rien ne peut le surprendre, maintenant qu'il est sorti du corps d'une fille. Il ouvre lentement les yeux. Le soleil vient à peine de se lever, tout rose dans l'atmosphère embrumée.

Jean est juché très haut dans les airs. De là, il peut voir la ville qui s'étale tout autour de lui. Une grande ville avec des gratte-ciel et des autoroutes suspendues, un large cours d'eau et des ponts qui relient les deux rives. De gros bateaux voguent tranquillement sur l'eau calme.

Jean baisse les yeux : il est au milieu d'un parc entouré de bâtisses, dans... un arbre ! Eh oui, un arbre ! Jean se demande comment il a pu arriver aussi haut et surtout comment il tient, niché sur les plus fines branches au sommet de l'arbre.

Jean se décide à bouger. De toute façon, il ne peut rester suspendu entre ciel et terre. C'est à ce moment qu'il se rend compte d'une chose extraordinairement effrayante. Il croyait qu'il ne voyait pas ses jambes parce qu'elles étaient cachées par le feuillage. Mais il n'a pas de jambes. Il croyait que ses mains le retenaient fermement aux fines branches, mais il n'a pas de mains, pas plus qu'il n'a de corps. Il n'est pas invisible non plus, comme lorsqu'il était sur les traces du livre volé. Non, il n'est tout simplement plus un humain ! Il est devenu… un ARBRE ! Un arbre IMMENSE, plein de feuilles, un arbre en plein milieu d'un parc, un arbre, rien de plus, rien de moins. UN ARBRE !

— AAAAAAAAAAAAHHHHHHHHHHHHH !!!!!

Le cri d'horreur aurait dû s'entendre à des kilomètres à la ronde, comme lorsqu'il s'est cassé la jambe. Mais personne n'a entendu, car aucun son n'est sorti. Jean n'a ressenti qu'une seule vibration dans toutes ses feuilles. L'effet est très étrange, comme un chatouillis au bout de chaque tige et, en même temps, une explosion de lumière. Comme si la parole, l'ouïe, la vue et le toucher faisaient partie d'un tout. Comme si tous ses neurones étaient branchés sur du 220 volts. Fascinant !

Mais Jean n'a pas le temps d'analyser ces nouvelles sensations. Tout ce qu'il veut savoir, c'est comment il a pu devenir un arbre. UN ARBRE ! L'atlas était abîmé, avec un gros trou en plein milieu de la couverture de bois ; les pages étaient soudées, mais le livre s'est activé, sans qu'il ait à écrire quoi que ce soit dans sa page de souvenirs. Le simple fait de mettre le doigt dans le trou de la couverture de bois avait suffi, cette fois, à l'envoyer dans un arbre, dans le cœur d'un arbre. L'atlas avait quand même de la suite dans les idées !

Mais Jean aurait tout de même préféré demeurer dans le corps de la princesse médiévale que de devenir un support à nid d'oiseau ou un refuge à maringouins. Et si ce n'était que ça : passer ses hivers tout nu et finir sa vie comme bois de chauffage, dans cinquante ou cent ans... Rien que d'y penser, Jean sent des frissons lui parcourir les branches.

Chapitre 2

Terre des Hommes

Le soleil est déjà haut dans le ciel. Jean, malgré la déprime qui étreint son cœur d'arbre, fait un tour d'horizon. Il se trouve au milieu d'un parc, où une vingtaine d'arbres font des taches d'ombre sur un gazon fraîchement tondu. Des tables de pique-nique, des bancs de parc et des poubelles, mais pas d'humains et pas un chat. Les voitures, dont il a senti les gaz d'échappement, il les entend comme un bruit de fond assez lointain. Il a une vue imprenable sur l'immense pont qui traverse le cours d'eau, où les voitures, minuscules comme des fourmis, semblent prises dans l'embouteillage de l'heure de pointe. Jean ne sait pas dans quelle ville l'atlas l'a envoyé.

Au-delà du parc, Jean voit des constructions aux architectures insolites, modernes et anciennes, sans aucun lien entre elles, sauf peut-être un rail qui serpente au travers des bâtisses. Il n'y a pas de rues, pas de voitures, que des allées piétonnes, mais aucun piéton. Et c'est ce qui fait irréel : il n'y a personne !

Puis, tout à coup, la ville s'anime. En quelques instants, une marée humaine prend possession de tout l'espace disponible. Les gens courent en tous sens et vont se réfugier dans les bâtiments. Ils se hâtent comme si un orage s'apprêtait à crever au-dessus de leur tête. Jean se dit qu'il est peut-être dans un studio de cinéma et que ce sont des figurants qui se font poursuivre par un monstre, un T-Rex ou Godzilla en personne.

Sur de grandes banderoles colorées flotte un slogan : TERRE DES HOMMES. Jean se surprend à fredonner la chanson diffusée par les haut-parleurs. Une chanson rétro, que sa mère chantait à l'occasion :

Un jour, un jour, quand tu viendras
Nous te ferons voir de grands espaces...

Jean est un peu dérouté, car il aime comprendre. Mais pour l'instant, le soleil tape sur sa tête d'arbre et il commence à avoir vraiment soif. En bas, pour les piétons, des fontaines coulent, désaltérantes. Le fleuve est tout près aussi et torture Jean avec toute cette eau qu'il ne peut atteindre. Ses feuilles se recroquevillent lentement. Jamais il n'a eu aussi soif.

Alors que le soleil est à son zénith, des gens s'installent à l'ombre des arbres du parc. Des femmes étalent de grandes nappes à carreaux et déballent des piqueniques. Des enfants se poursuivent entre les îlots de couleurs et d'odeurs savoureuses. C'est l'heure du dîner. Les gens se reposent et discutent. Jean entend toutes sortes de parlers différents, français et anglais surtout, mais aussi des accents chantants de pays étrangers. Ici et là, il capte des bribes de conversation :

—Maman, j'avais dit : pas de moutarde !

—Il y a des fourmis sur la nappe !

—J'ai envie, on peut aller au petit coin ?

Puis un peu plus tard, alors que le repas tire à sa fin :

— Qu'est-ce qu'on fait cet après-midi ?

— On va à la Ronde, la Ronde, la Ronde !!!

Jean a sûrement mal entendu. Ça ne peut pas être la Ronde, ici, c'est trop petit. La Ronde, c'est un parc d'attraction gigantesque avec des manèges comme le Monstre, le Vampire... Alors que les enfants continuent de scander « La Ronde ! La Ronde ! La Ronde ! », un chant se fait entendre, repris avec enthousiasme par toutes les bouches :

Amène-nous à la Ronde, la Ronde, la Ronde !
Le plus beau joujou au monde, la Ronde de l'Expo !

L'Expo ? La Ronde ? Terre des Hommes ? Jean n'en croit pas ses oreilles. La Ronde, ce n'est quand même pas ces manèges qu'il voit là-bas ! Puis une voix se met à parler dans les haut-parleurs installés un peu partout :

— Bienvenus chers visiteurs de Terre des Hommes ! Le pavillon des États-Unis, la grande sphère de l'île Sainte-Hélène, vous invite à gravir le plus long escalier roulant au monde et à explorer le paysage lunaire. Aussi, au pavillon de l'Inde, sur l'île Notre-Dame, on vous convie à déguster les délicieux tandoori et à admirer un vêtement tissé par Gandhi lui-même. Également sur l'île Notre-Dame, le pavillon du Mexique exhibe ses gigantesques monolithes des civilisations anciennes. Et pour vous rafraîchir, quoi de mieux que de venir admirer nos dauphins à l'Aquarium. Surtout, n'hésitez pas à prendre le monorail, qui vous fera apprécier les splendeurs de Terre des Hommes. Le comité de l'Exposition Universelle de Montréal espère que vous apprécierez votre visite.

Jean est tout surpris : il est à Montréal, sur l'île Sainte-Hélène, à l'endroit même où il a vu Jacques Villeneuve courir dans sa Formule 1 ! Tout cet immense village, c'est Expo 67 ! Ses parents lui en ont souvent parlé, car cette fantastique exposition a eu lieu en 1967, l'année où sa mère a vu le jour et où son père a fait ses premiers pas. Jean se sent tout drôle à imaginer ses parents bébés alors que lui-même est devenu un arbre, un très vieil arbre.

Il soupire. Il aurait tant aimé courir dans la foule, prendre le minirail et découvrir le monde à travers le kaléidoscope de l'exposition. Il ne peut que remplir ses yeux d'arbre de ce qu'il voit de sa position. Pour passer le temps, il compte le nombre de personnes avec des chapeaux rouges, puis celles qui mangent des cornets de crème glacée. Il ne les compte pas longtemps, celles-là, car ça lui fait un creux gigantesque dans son estomac d'arbre !

Chapitre 3

Nuit sur Montréal

L'après-midi passe. Les gens vont et viennent, de plus en plus fatigués, s'arrêtant parfois sous le feuillage rafraîchissant de l'arbre qu'est devenu Jean. Le soir arrive, puis la foule diminue. Vers la fin de la soirée, Jean assiste à un magnifique feu d'artifice qui se reflète dans le lac des Dauphins. Il songe que, pour une fois, personne de plus grand ne lui cache le spectacle. Dans le parc, des couples se promènent bras dessus, bras dessous, d'autres dansent sur les ter-

rasses au rythme de musiques exotiques. La nuit est avancée lorsque les rues se vident. Les seuls bruits viennent du concert tranquille de la nature : grillons, grenouilles et oiseaux nocturnes.

Jean s'apprête à s'endormir lorsqu'il pressent, à l'extrémité du parc, une présence anormale. Peut-être est-ce un animal, un employé de l'exposition ou un sans-abri qui a échappé à la vigilance du gardien ? De sa position et sous le seul éclairage diffus des lumières de la ville, Jean ne voit pas clairement. Il attend avec une impatience croissante.

Une branche craque. Un écureuil détale. Jean se recroqueville dans ses feuilles, nerveux. Puis il se dit qu'il est vraiment trop bête. Il n'est pas un jeune garçon qui pourrait avoir une bonne raison d'être inquiet, seul dans un immense parc. Non, il est un arbre, un arbre imposant, et la seule chose qu'il peut craindre, c'est une scie mécanique. Et qui oserait couper un arbre dans un parc ? Alors, en retenant sa respiration, Jean attend que la présence se manifeste.

L'homme, car il s'agit bien d'un homme, avance lentement en contournant les arbres. Les yeux au sol, il semble chercher quelque chose, peut-être un objet perdu au cours de la journée. Mais il n'a pas de lampe de poche, et Jean se demande comment il peut voir dans une telle obscurité. Ce dernier relève fréquemment la tête et examine aussi le tronc des arbres.

Malgré la température très douce, l'homme porte un imperméable beige, long, avec un capuchon remonté sur la tête. On ne voit rien de son visage, mais Jean se rappelle tout à coup, avec effroi, l'homme à la tunique brune qui semblait le suivre lors de son voyage dans l'époque médiévale.

—Ça ne peut pas être le même ! s'exclame Jean, incrédule. C'est impossible ! Il aurait fallu qu'il traverse… plusieurs siècles, juste pour me retrouver ? Et qu'est-ce que je suis, moi ? Un arbre ! Pourquoi s'intéresserait-il à moi ? À moins qu'il ne cherche quelque chose que j'ai en ma possession. L'atlas ? Ça ne peut être que ça. Il veut l'atlas ! Eh bien, il a fait tout ce trajet pour rien, le bonhomme, parce que je ne l'ai plus, moi, ce foutu livre !

L'homme est maintenant sous le feuillage de Jean. Il caresse le tronc lentement, en se concentrant. Jean essaie de rester immobile, mais il n'y arrive pas : toutes ses feuilles tremblent comme si une brise légère s'était levée. L'homme sourit. Jean tente de l'intimider. Il concentre toute son énergie et la propulse dans ses feuilles en criant comme un fou :

—AAAAAAAAHHHHHHHHHHH !!!!!

Les branches s'agitent dans tous les sens comme sous l'effet d'une bourrasque. L'homme est impressionné, mais pas effrayé pour deux sous. Il caresse encore le tronc et sort un canif de la poche de son imperméable. Jean panique. Il crie à tue-tête :

—NOOOONNNN ! Ne me faites pas mal ! Pitié !

Des fous rires s'échappent de l'arbre voisin. L'homme referme vivement son canif et disparaît dans l'obscurité. Des branches s'agitent et un garçon glisse de l'arbre et atterrit en roulant sur le gazon. Il se relève et murmure :

—Allez, à toi !

—Non, c'est beaucoup trop haut, je vais abîmer mes souliers neufs !

—T'en fais pas, je vais t'attraper. Viens, Caroline !

Et la jeune fille se laisse glisser dans les bras du garçon. Une fois par terre, ils s'embrassent passionnément.

—Ah non, supplie Jean, pas de ça devant moi ! Vous m'avez peut-être sauvé

la vie, mais, s'il vous plaît, allez vous bé-
coter ailleurs. Et puis non, restez ! Je préfère supporter ça que de me faire dé-
couper en morceaux par un maniaque.

Les amoureux n'ont rien entendu du
discours de Jean, pas plus qu'ils n'ont remarqué l'homme étrange à l'imperméable,
caché dans l'ombre d'un tronc, quelques
arbres plus loin. Ils sont trop occupés à
s'embrasser.

Jean soupire : ses exploits amoureux
se résument à Magali, la jolie Magali qui
lui a rendu visite, alors qu'il s'ennuyait
dans sa chambre, la jambe coincée dans
un plâtre. Il ne l'a même pas embrassée.
Ils sont restés de chaque côté du lit, trop
gênés pour se parler et elle n'a pas signé
son plâtre. Elle lui a donné une aiguille
à tricoter, en lui disant de la lui rendre
après. Puis elle est sortie. Le parfum de
sa crème solaire est resté longtemps dans
la chambre… Si elle avait été là, le jour
où il a eu la mauvaise idée d'envoyer son
jeune frère chercher l'atlas au grenier,
tout ceci ne lui serait sûrement pas arrivé. Lui et son incessant besoin de bouger.
Il était maintenant pris dans un étau
beaucoup plus inconfortable que son plâtre, et pour beaucoup plus longtemps.
Pour l'éternité d'un arbre…

Les amoureux ont cessé de s'embrasser. Le garçon, Marc, a sorti un canif de sa poche.

—Ah non, pas encore ! se dit Jean, désespéré.

Marc glisse sa main contre le tronc et s'arrête tout à coup. Il prend la main de Caroline et lui fait toucher l'écorce.

—Tu sens ?

—Oui, et alors ?

—C'est un trou et tout autour, tu ne sens rien ? On dirait une sculpture.

—Oui ! Touche ici, un soleil. Et là, des étoiles et une pyramide !

Jean n'en revient pas. Les jeunes amoureux viennent de décrire, sans pourtant l'avoir vu, la couverture de l'atlas. Avec son trou ! L'atlas qu'il croyait perdu ! Pendant tout ce temps, il était pris dans son tronc, encastré dans le bois de l'arbre. Et c'est, bien sûr, ce qui intéresse l'étranger ! Jean sent le canif lui rogner l'écorce. Marc s'acharne dans l'obscurité :

—Voilà, j'ai terminé ! *Marc love Caro, 1967*. C'est écrit pour l'éternité, entre le soleil et les étoiles !

—Que tu es romantique, Marco ! Mais partons vite, avant que le gardien ne nous surprenne.

Chapitre 4

L'orage

Les amoureux ont disparu. L'homme en imperméable n'est pas encore revenu. Jean est sur ses gardes. Il sait maintenant ce que veut l'étranger et il n'est pas prêt à le lui laisser sans se battre. Le livre est là, incrusté dans son écorce. Jean ne sait pas encore s'il pourra l'utiliser pour revenir dans son monde à lui, mais il sait par contre que, si l'étranger le prend, ses chances de partir tombent à zéro. Il sait également qu'il peut, avec beaucoup d'énergie, créer une vraie tempête et peut-être, peut-être seulement, tenir l'étranger à distance. Mais combien de temps pourra-t-il résister avant de tomber d'épuisement ?

Un flash de lumière envahit soudain le champ de vision de Jean. Il pense un moment que le gardien fait sa ronde d'inspection et que la lumière provient de sa lampe de poche. Puis un grondement fait trembler l'air autour de lui. Jean sent ses feuilles se retourner. Une rafale le secoue de la tête aux racines et, cette fois, ce n'est pas lui qui l'a provoquée.

« Oh non ! pense Jean, ce n'est pas vrai, pas un orage ! » Les éclairs se succèdent rapidement, illuminant la ville de Montréal et le parc de l'Exposition. La tempête approche et, malgré les prières de Jean, elle ne passera pas au loin. Jean n'aime pas les orages, non, le mot est trop faible : il déteste ça ! Depuis qu'il est tout petit, jamais il n'a dormi durant un orage, trop occupé à compter le nombre de secondes entre l'éclair et le tonnerre, avec l'espoir qu'il s'éloigne.

Les éclairs se succèdent maintenant à un rythme hallucinant et le tonnerre roule sans interruption. Jean tente de fermer les yeux et de se boucher les oreilles avant de se rappeler qu'il n'est plus un humain, mais un arbre, avec des milliers de récepteurs dispersés sur ses innombrables branches. Puis un avertissement de son père lui revient en mémoire :

—Ne JAMAIS se cacher sous un arbre… encore moins DANS un arbre !

Subitement, un éclair frappe l'arbre voisin et, dans la même lancée, foudroie la cime de l'arbre de Jean. Dans un vacarme de fin du monde, tout devient blanc et chaud.

Puis plus rien.

Le noir ouaté.

Après de longues minutes, Jean revient à lui. Il fait encore noir, un noir absolu. Ça sent l'asphalte mouillé et la verdure. Il pleut. Une petite pluie fine qui transperce son corps et le fait frissonner. Jean a cru un moment qu'il était mort, puis il a eu une bouffée d'espoir, l'espoir d'être parti dans l'atlas. Le tunnel lumineux était le même, la chaleur lui rappelait le moment où il avait émergé sur une plage chaude et sablonneuse, ou pourquoi pas, la douce tiédeur de sa chambre, à Québec, au XXIe siècle…

Mais non ! Jean est toujours au cœur de son arbre, la cime roussie par la foudre. Une branche pend comme un bras cassé. D'innombrables aiguilles de bois jonchent le sol. Jean sent encore un restant d'électricité parcourir ses veines, des picotements au bout des bourgeons et des points lumineux qui brouillent sa vision. S'il avait été un humain, il n'aurait jamais survécu à cela.

Sur l'herbe détrempée, une ombre blanche passe. « Oh non ! encore lui ! » s'exclame Jean dans un frémissement. Il n'a pas eu le temps de souffler que l'étranger au capuchon est déjà là, son couteau à la main, prêt à subtiliser l'âme de Jean, l'atlas. Une branche craque derrière l'homme, l'obligeant à se cacher encore une fois.

Jean regarde avec intérêt le nouvel arrivant. C'est un chat noir, un tout petit chat noir, avec la queue et le bout des pattes blancs. Dans l'obscurité, on ne voit que le blanc, comme si cinq petites guimauves avançaient avec hésitation au travers des flaques. Le chat renifle l'arbre de Jean, en fait le tour, puis commence à grimper sur son tronc. Jean sent chacune des petites griffes se planter solidement dans son écorce. Il murmure doucement :

— Guimauve ! Guimauve ! Ça te plaît, comme nom ? Tu veux bien rester avec moi, cette nuit ?

Le chat arrête sa montée à mi-chemin. Il vient d'apercevoir le trou dans l'écorce. Intrigué, il avance avec précaution et pose sa patte au bord du trou. Jean sent un drôle de chatouillis l'envahir. Le chat recule un peu puis, sans hésiter, enfonce sa patte au complet dans le trou. Jean pousse un cri pour prévenir le chat, mais il est trop tard : une lumière bleue explose comme un feu d'artifice.

Tout ce que Jean a perçu, c'est qu'on lui arrachait l'écorce. Ça, et le miaulement atroce du chat, la patte prise dans le trou.

Des lumières envahissent son champ de vision puis tout disparaît.

Plus de bruit, plus de lumière, plus de douleur.

Le néant. Encore une fois.

Quatrième partie

À chat perché !

Chapitre 1

Encore un arbre !

La chaleur est bonne, tout juste un peu
humide. Les sons affluent de plus en
plus distincts aux oreilles de Jean. Des
chants d'oiseaux, des cris d'animaux, des
caquètements, des grognements, des
bourdonnements... Un peu comme en
pleine nature, au printemps ou encore
dans un zoo. « C'est ça, conclut Jean, un
zoo, pavillon des primates et des oiseaux
exotiques. »

Jean s'étire paresseusement et ouvre
les yeux. Sa vision est trouble, encore en-

gourdie de sommeil : apparaît d'abord le vert, du vert sans fin, dans toutes ses teintes. Puis l'image se précise : le feuillage d'un arbre. « Ah ! Non, pas encore un arbre ! » puis une branche couverte de mousse verte, un longue branche presque horizontale, sur laquelle l'atlas tient en équilibre.

Jean soupire de soulagement : l'atlas n'est plus soudé à l'arbre. Mais lui, là-dedans ? Il remue une jambe, puis l'autre, puis les deux bras. Étrange sensation de vide, mais différente de lorsqu'il était dans l'arbre. Maintenant, il a l'impression d'être SUR la branche. Il est couché sur quelque chose de très doux, un coussin, non plutôt une fourrure très soyeuse et noire. Comme celle du chat noir du parc, celui qui, en mettant la patte dans le trou de la couverture, l'a propulsé dans l'atlas.

Jean voit une patte toute noire se balancer devant lui. Pourtant, le chat avait le bout des pattes blancs, ça Jean pourrait le jurer. Il l'avait d'ailleurs baptisé Guimauve à cause de la ressemblance avec ces friandises qu'on fait griller l'été, sur un feu de camp. Cette seule pensée lui donne l'eau à la bouche. Puis il se sermonne :

« Jean, le temps est mal choisi pour te ramollir, tu dois trouver où tu es et à qui appartient cette patte noire ! »

Jean se penche en avant et essaie de saisir la patte qui se défile. Le mouvement le déstabilise et il commence à glisser. Jean ne voit pas le sol, mais il sait que les branches les plus proches sont à au moins deux mètres. D'un coup de reins, il rétablit son équilibre et, bien agrippé à la branche, il commence à s'examiner.

Quoi ? Il n'était pas couché sur un chat : la fourrure noire fait partie de son corps. Devant ses yeux incrédules, il fait bouger ses pattes. C'est à lui ces pattes toutes noires, avec des coussinets et des griffes acérées ! Et aussi cette queue qui se tortille derrière lui. Il... non ! L'atlas a dû se tromper : il est entré... dans un CHAT ! Un chat noir, perché sur une branche, dans un arbre trop grand, perdu dans une forêt sans fin.

« Bon, on se calme. Je suis un chat, d'accord ! Un chat, c'est mieux qu'un arbre : ça bouge, ça court, ça vit ! Et un chat, ça a neuf vies ! Ouais, ça c'est génial ! Et le plus important, c'est que j'ai toujours l'atlas. Pour partir d'ici, je dois activer le livre. Réfléchis, Jean... Je suis un chat, et un chat, c'est... intelligent, rusé et surtout irrésistible. Il s'agit qu'un chat ronronne et se frotte à nos jambes pour qu'on devienne gaga ! C'est ça ! Tout ce que j'ai à faire, c'est de trouver un humain, lui faire mon numéro de séduction, il m'adopte, je le laisse écrire dans l'atlas et je retourne à la maison ! »

Jean étire sa patte pour saisir l'atlas. Mais il a mal calculé son approche : le livre bascule et tombe dans le vide. Impuissant, Jean le voit rebondir de branche en branche puis disparaître de sa vue. Il lui faut maintenant descendre. Mais comment ? Inquiet, il commence à évaluer la hauteur, l'élan qu'il doit prendre, l'espace qu'il a pour atterrir et où il doit poser ses nombreuses pattes, en plus de son corps, sa tête et sa queue. Le calcul lui donne le vertige. Puis il se rappelle qu'il est un chat, un animal avec un corps parfaitement rôdé pour jouer dans les arbres et qu'il n'a qu'à se laisser guider par son instinct. En quelques bonds souples, il se retrouve sur la terre ferme, cinq mètres plus bas.

L'atlas n'y est pas. Le museau au sol, Jean tourne autour de l'arbre en agrandissant petit à petit sa zone de recherche. Tout à coup, le sol se dérobe sous ses pattes arrière. Il se retient de justesse en enfonçant ses griffes dans une racine. Du sable et des cailloux dégringolent et vont se perdre au pied d'une falaise impressionnante, dans le fracas des vagues. Le cœur battant, Jean recule jusqu'à ce que son postérieur touche l'arbre. Là seulement, il se permet de respirer.

La vue est extraordinaire. La mer s'étend à perte de vue, bleu-vert, avec des diamants de soleil, ponctuée ici et là d'îlots de verdure. La falaise qui descend jusqu'à la mer est dénudée de toute végétation, à l'exception de l'arbre sur lequel Jean est appuyé. Puis l'évidence se fait dans son esprit. Si l'atlas n'est pas sur le plateau, au pied de l'arbre, c'est qu'il est tombé, tout en bas, sur les rochers pointus ou dans les vagues furieuses.

Jean ferme les yeux et un gémissement sourd monte dans sa gorge.

Il avance prudemment jusqu'au précipice et penche sa tête par-dessus la bordure instable, en se cramponnant de toute la force de ses griffes. Un coup de vent chargé d'embruns lui couvre la moustache de minuscules gouttelettes salées. Jean cligne trois fois des yeux afin d'être sûr de ce qu'il voit : l'atlas est bien là, une dizaine de mètres plus bas, en équilibre sur une mince corniche. Les dorures de sa couverture reflètent les rayons du soleil. Le livre semble, malgré la chute, en bon état.

Oui, mais la corniche est inaccessible ! Aussi bien par le haut que par le bas. Il lui faudrait être une chèvre de montagne pour pouvoir grimper sur des rochers aussi escarpés sans tomber ou avoir une corde pour descendre sans se tuer. Tout en réfléchissant, Jean se relève et s'étire longuement

« Bon, je n'ai pas le choix, se dit Jean, je dépends des humains. Il faut que j'en ramène un ici et qu'il accepte de descendre chercher mon livre. Qui a dit que c'était génial, la vie de chat ? »

Jean s'enfonce dans la forêt. Il n'a pas fait dix pas qu'il se trouve entouré d'arbres démesurés, d'herbes denses et de bruits étranges. Il se retourne, certain d'être suivi. Un frémissement agite les hautes herbes puis s'interrompt. Toute la forêt semble en attente. Jean n'aime pas ça. Il n'est qu'un chaton, après tout !

Chapitre 2

Gros, long et méchant

Les herbes se tordent, là, tout près. Un sifflement se fait entendre, fort et menaçant. Jean recule, complètement hypnotisé par sa peur. Puis la chose se présente devant lui : une gueule horrible qui doit être capable d'avaler un chameau – à plus forte raison un chat –, deux crocs démesurés et un corps qui n'en finit plus de sortir de l'obscurité.

Jean a devant lui le plus gros serpent qu'il ait vu dans sa courte vie : un boa constrictor. Il sait que ce serpent étouffe ses victimes entre ses anneaux puissants avant de les avaler tout rond. Jean pousse ce qu'il aimerait être un formidable rugissement, mais qui ne sort que comme un miaulement apeuré. Il se sent vraiment comme un tout petit chaton.

Évitant de rencontrer le regard jaune et ensorcelant du reptile, Jean se retourne et commence à courir de toutes ses pattes. Le sifflement rageur le talonne un moment, puis diminue et cesse. Jean continue de courir encore un peu et s'arrête, à bout de souffle. Il regarde derrière lui avec beaucoup d'appréhension. Sa rencontre avec le serpent aurait pu très mal finir.

Une barrière d'arbres aux branches emmêlées se dresse maintenant devant lui. D'un bond, il saute sur une branche basse et commence à chercher un passage. De longues épines lui griffent le museau et l'empêchent de traverser. Embêté, Jean doit retourner sur ses pas pour contourner l'obstacle.

Aussitôt le boa, sorti des hautes herbes, se rue sur Jean et le force à reculer contre le mur d'épines. Le serpent se lève sur ses anneaux puissants et balance sa tête de gauche à droite, bloquant toute issue. Il n'est plus qu'à quelques centimètres lorsque Jean se décide à réagir. « Je n'ai plus rien à perdre. Aussi bien mourir en me battant vaillamment. » Assis sur son arrière-train, Jean expédie un direct puis un crochet de gauche, toutes griffes sorties, contre la gueule du reptile et réussit à l'écorcher profondément. Le boa recule devant l'assaut, puis revient à la charge, la gueule grande ouverte. Il esquive toutes les attaques du garçon-chat qui s'épuise à lutter dans le vide.

Jean baisse sa garde un instant. C'est le moment qu'attendait le boa. Il fonce sur le félin, l'entoure de ses anneaux puissants et commence à serrer. Jean suffoque, n'arrive plus à acheminer l'air dans ses poumons écrasés. Il comprend qu'il a perdu la bataille.

Sa vue se brouille.

Tout devient noir.

Le paradis est tel qu'il l'a toujours imaginé : chaleureux, plein de rires et d'odeurs alléchantes. Comme lorsque son père faisait un barbecue et invitait des amis, au bord de la piscine. Jean ouvre les yeux et la vision du paradis disparaît. Des barreaux de métal rouillés et un plancher plein d'échardes lui souhaitent la bienvenue dans le monde des vivants. En plus des cris, des rires et des gamins qui lui piquent les côtes avec des branches.

Jean tourne la tête, qui lui fait atrocement mal, et examine les alentours. Il est dans une cage et l'odeur qui l'a réveillé, c'est un feu sur lequel grille l'énorme serpent qui a failli le tuer. Tout autour, des hommes noir charbon, de petite taille, avec des choses étranges dans le nez, comme des défenses de sangliers. Ils sont presque nus. Seul un étui taillé dans une corne d'animal, accroché à la taille par une mince lanière de cuir, recouvre ce que Jean cache lui-même par un short ! Les femmes portent des ceintures et des colliers de cuir et de perles de bois. Les enfants sont nombreux et endiablés, aussi foncés que leurs parents. Jean se souvient d'avoir vu une photo d'une telle tribu dans la revue *National Geographic*. S'il se rappelle bien, l'article traitait de l'Indonésie et de ses innombrables îles volcaniques.

Jean s'assoit avec précaution. Tous ses muscles brûlent, comme s'il était passé sous un rouleau compresseur. Il étire une à une ses pattes. Sa fourrure est collée et râpée par endroits. Il ressemble à un matou qui a passé un mauvais quart d'heure. Les gamins continuent de le harceler avec des branches en criant « Cheetah ! Cheetah ! » Pour se débarrasser d'eux, Jean pousse un rugissement très peu convaincant. Il a cependant réussi à attirer l'attention des adultes qui chassent les jeunes garçons. Jean les voit parler entre eux, puis un des hommes, couvert de peintures, de colliers de bois et de dents d'animaux, lui présente une écuelle de bois remplie d'eau et une tranche de boa grillé.

Jean recule au fond de la cage, prêt à bondir dès que la porte s'ouvrira. Mais il n'a pas vu l'homme, qui dans son dos, a saisi sa queue et tiré un bon coup. Jean pousse un miaulement de douleur et ne peut que montrer les crocs à celui qui dépose le bol de nourriture devant lui.

Puis les adultes de la tribu se mettent à discuter en gesticulant, et Jean saisit quelques mots ici et là : « Cheetas. Panthère noire. Bon prix ! »

Jean est incrédule : « Je suis une panthère noire ? Moi qui croyais être un tout petit chat, pas même bon à rugir[2], mais alors, ça change tout, si je suis une panthère ! »

---

2. Les panthères sont incapables de rugir, car les os de leur larynx sont soudés. Ils miaulent plutôt, comme les chats.

Jean écoute avec attention les hommes qui se disputent à son sujet. Il entend les mots *Jakarta* et *marché*, *contrebandier*, *panthère noire*, puis les mots *alcool*, *fusil* et *tabac*. Il croit comprendre qu'il vaut très cher et que les hommes sont en désaccord : certains veulent l'échanger au contrebandier, contre des armes et de l'alcool, alors que d'autres, plus sages, pensent avoir un meilleur prix au marché de Jakarta. Là, ils pourront acheter des tissus et du tabac.

Jean regarde sa fourrure qui est aussi noire que la nuit. S'il avait été un chat, il serait mort à l'heure qu'il est, étouffé par le boa. Et s'il avait été une panthère jaune, de moindre valeur parce que plus commune que la panthère noire, les hommes n'auraient peut-être pas pris le risque de le délivrer de l'étreinte du serpent.

« Bon, mais ça ne change rien, je dois trouver un moyen de sortir d'ici et de retrouver l'atlas. Finir ma vie comme panthère, dans une cage, au cirque ou dans un zoo, ça ne m'intéresse pas du tout ! »

Malgré le dégoût que lui inspire le serpent, Jean se force à manger. Il doit reprendre des forces. Du bout des dents, il goûte au boa grillé. Surpris par la texture délicate, il avale la tranche d'une bouchée.

Il passe l'heure suivante à lécher sa fourrure, chose qu'il n'aurait jamais cru possible, lui qui déteste prendre un bain. Mais
c'est plus fort que lui, son instinct, sans
doute ! Il s'endort en ronronnant.

Chapitre 3

Chat échaudé...

Jean se réveille au coucher du soleil. Des tam-tam lancent des messages dans la forêt tropicale, aussitôt repris par d'autres, au loin. Puis la réponse arrive, relayée de village en village. Il entend le chef, couvert de colliers, traduire le message : HOMME BLANC VENIR DEMAIN VOIR PANTHÈRE NOIRE. BON PRIX ET ARMES SI BELLE FOURRURE

Aussitôt, les hommes noirs se saisissent de longues lanières de cuir et forment des lassos. Ils s'installent en demi-cercle autour de la cage, chacun tenant un javelot, en plus de sa corde. Le demi-cercle s'ouvre et un jeune garçon est poussé vers le centre. Le gamin, inquiet, jette des coups d'œil apeurés à la panthère. Jean a presque pitié de lui. Par un grondement sourd, il le prévient de ne pas avancer. Ça le dégoûte de voir que des adultes se servent d'un enfant pour leurrer une bête sauvage.

Le jeune garçon ouvre la porte et, après avoir fait une vilaine grimace à la panthère, se met à courir à l'extérieur du demi-cercle. Certains hommes rient tandis que d'autres félicitent son courage. Jean regarde autour de lui, bâille calmement, et reste assis sans bouger. Mais c'était sans compter sur le vicieux coup de lance, appliqué à son postérieur délicat, et qui le propulse hors de la cage. Jean se fait alors entraver par cinq lassos, un autour du cou et quatre autour de ses pattes. Puis on lui enfile une muselière pour l'empêcher de mordre.

L'heure suivante est la plus pénible de sa vie de panthère en cage : on le douche, on le lave, on le brosse, on lui coupe les griffes et, pour finir, on lui met un collier de cuir autour du cou. Lorsqu'on le libère enfin, Jean crache sa colère et tente sans succès de se débarrasser du collier. Il se couche au fond de sa cage, malheureux comme une pierre. Il se rendort, propre, mais sans un ronronnement.

Un homme approche de la cage. Ce n'est, d'après ses mains, ni un Blanc ni un Noir. Son visage disparaît sous un chapeau à larges bords. Il porte une longue veste safari beige, un lasso à la ceinture et une corde à la main. Jean se met à trembler. Une peur sournoise s'est immiscée dans ses tripes. Il a une désagréable impression de « déjà vu ».

Jean se retire au fond de la cage en grondant. L'homme s'avance et commence à examiner la panthère noire. Il parle aux hommes de la tribu, discute un moment du prix, puis sort de l'argent d'une poche de sa veste. Les hommes refusent et Jean comprend, d'après leurs gestes, qu'ils sont en colère. Ils veulent de l'alcool et des armes. Le contrebandier refuse. Les Noirs forment un cercle autour de l'homme en veste safari et pointent leur lance dans sa direction. L'homme ne semble pas avoir peur. Il montre ses poches : il n'a pas d'alcool ni de fusil.

107

S'ils ne veulent pas de son argent, il repartira.

Puis il se tourne vers la cage, s'approche et murmure à l'intention de Jean :

— Je reviendrai. Je veux l'atlas !

L'inconnu au capuchon, l'homme en imperméable, et maintenant l'étranger en veste safari, un seul et même individu qui le poursuit pour lui voler l'atlas. Voilà pourquoi Jean avait cette boule au fond de l'estomac. Comment cet homme a-t-il fait pour le retrouver si vite ? Et comment voyageait-il ? Avec la poudre bleue, comme Jean l'a fait pour suivre la trace de l'atlas perdu ? Mais Jean était invisible lorsqu'il voyageait avec la poudre. Et cet homme ne l'est pas, c'est évident !

L'étranger, sous les injures des hommes noirs et la menace des lances, reprend le sentier qui disparaît dans la jungle. Jean sait qu'il va revenir, probablement cette nuit, alors que les habitants du village seront endormis. Jean, lui, ne dormira pas. Il profitera d'un moment d'inattention de l'homme pour s'enfuir. Même s'il doit, pour cela, le mettre hors d'état de nuire.

La nuit est avancée. Au travers du feuillage de nombreuses étoiles brillent. Jean lutte contre le sommeil en essayant d'identifier les bruits inquiétants de la nuit. Sa cage lui procure une certaine protection contre les bêtes féroces, mais aucune contre les mouches qui ne cessent de le harceler.

Soudain, l'étranger apparaît en face de lui. Comment a-t-il fait ? Sans bruit, il se glisse derrière le gardien qui tourne le dos à la cage. Il glisse sa main vers son cou et, quelques secondes plus tard, le gardien s'effondre. Jean retient de justesse un feulement. La panique s'empare de lui, mais il se répète ce qu'il doit faire, ce qu'il doit impérativement faire s'il ne veut pas finir comme le gardien : sauter, renverser l'étranger et courir, jusqu'au bout du monde s'il le faut.

Le verrou est tiré et la porte s'ouvre en laissant entendre un léger grincement. Jean se prépare à sauter mais, déjà, une corde est ajustée à son collier, la muselière bien serrée, ses quatre pattes ficelées. Rageant, suffoquant, Jean se demande encore une fois comment l'étranger a pu faire aussi vite. Il se débat comme un diable dans l'eau bénite alors que le mystérieux voyageur l'emporte sur ses épaules, au cœur de la forêt profonde.

L'aube commence à rosir le ciel lorsqu'il s'arrête et dépose son fardeau. Il attache la corde autour d'un arbre, puis défait les liens qui entravent les pattes de la panthère. Il dépose une écuelle d'eau et un morceau de viande et enlève la muselière. Jean lèche ses babines douloureuses, mais il refuse la nourriture. Il lance un regard hostile à l'étranger puis, sans prévenir, s'élance sur lui. La corde lui serre le cou juste assez pour l'en dissuader.

Chapitre 4

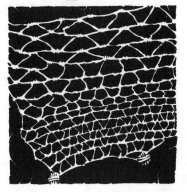

Il faut retrouver l'atlas !

L'homme vient d'enlever son capuchon. Pour la première fois, Jean peut voir le visage de celui qui le poursuit depuis si longtemps. Il regarde Jean avec un drôle de sourire. Il est assez jeune et musclé, comme son prof d'éducation physique. Sa peau est foncée, couleur cuivre, et ses traits lui rappellent quelqu'un, mais sans qu'il puisse mettre un nom dessus. L'étranger se rapproche un peu plus et demande :

— Dis-moi où est le livre ?

Jean gronde. S'il croit que c'est quelque chose qu'on obtient avec un sourire… De toute façon, comment pense-t-il que Jean pourrait le lui dire, lui qui ne sait que gronder et miauler. Jean tourne le dos à l'étranger.

—Je vois, tu ne veux pas collaborer. Je sais que tu as peur, c'est normal. Mais tu dois me faire confiance.

Jean met ses pattes sur ses oreilles, pour faire comprendre à l'étranger qu'il ne l'amadouera pas avec de belles paroles. Il pue l'escroc à cent kilomètres, celui-là !

Le temps passe. Personne ne bouge. L'étranger ne parle plus. Il s'est adossé à l'arbre, et il semble méditer. Jean s'impatiente et commence à ronger sa corde, mine de rien. Il regarde l'homme et se demande pourquoi il attend sans bouger. Peut-être a-t-il rendez-vous avec le contrebandier ? Ou bien il pense que Jean va se fatiguer d'attendre et qu'il va le conduire au livre ? Mais Jean n'a pas l'intention de lui donner l'atlas, son seul espoir de retour parmi les humains.

L'homme commence à chanter. Ce n'est pas qu'il chante mal, loin de là, mais la chanson pénètre Jean comme un chocolat chaud, un après-midi d'hiver. Jean devient tout mou. Il hésite entre se laisser séduire par la voix, par la mélancolie de la chanson, et lui résister. Il regarde l'étranger sans comprendre. Les mots sont dans une autre langue et pourtant, Jean a l'impression d'en saisir l'essentiel, comme s'il savait ce que voulait dire la chanson. Jean se lève et, quand l'homme le détache, il se dirige sans crainte vers la falaise. Jean ne sait pas s'il est hypnotisé, mais au moins, ça ne fait pas mal.

La panthère devant, l'homme derrière, l'étrange duo marche au travers de la forêt dense en direction de la falaise. Jean se rappelle le chemin sans vraiment faire d'efforts. Son instinct, sûrement, et un flair du tonnerre. Un frisson le parcourt lorsqu'il traverse le lieu de sa bataille avec le boa. Les herbes sont tapées et des poils noirs sont demeurés accrochés au mur d'épines. Jean ne s'attarde pas.

Un peu plus loin, Jean reconnaît l'arbre accroché à la falaise. Il s'en approche et en fait le tour en humant les odeurs. C'est bien ici. Il avance avec précaution au bord de la falaise, se penche un peu, puis un peu plus. La terre se détache tout à coup et Jean commence à glisser vers le vide, impuissant à se retenir sur un sol qui se dérobe sous lui.

D'un coup d'œil, il voit l'atlas en équilibre sur la corniche, les vagues qui frappent le pied de la falaise et les énormes roches vers lesquelles il plonge. Puis une douleur cuisante au cou, l'air qui manque cruellement et Jean sent que son corps est hissé vers le haut. Quelques secondes plus tard, l'étranger le dépose sur le tapis de mousse et détache la corde de cuir qui a étranglé Jean, tout en bloquant sa chute.

Jean prend quelques minutes pour retrouver son souffle. Des points lumineux flottent autour de lui. Tout en léchant son corps endolori, il examine l'étranger qui s'est adossé à l'arbre et qui reprend, lui aussi, ses esprits. « Cet homme m'a sauvé la vie ! Mais pourquoi ? Je l'ai conduit à l'atlas, il a ce qu'il veut, pourquoi a-t-il risqué sa vie pour sauver la mienne ? » Jean est perplexe, puis la chanson de l'étranger revient à sa mémoire. Il se lève lentement et, à sa grande surprise, vient se frotter contre les jambes de l'étranger.

« Mais qu'est-ce qui m'arrive ? Voilà que je racole comme un vulgaire minet ! »

L'étranger sourit, caresse la tête de la panthère noire et se penche avec précaution au-dessus du vide. Le livre est toujours sur la corniche, presque enseveli sous la terre décrochée de la falaise. En dessous, la mer se jette sur les rochers. L'homme prend quelques instants pour évaluer la situation, se relève et se dirige vers la forêt.

De nombreuses lianes pendent des arbres. Il en saisit une de belle taille. Il tire de toutes ses forces, mais la liane reste solidement accrochée. L'homme en choisit une autre, plus petite et recommence à tirer. Rien à faire. Il faut grimper pour la détacher. Il regarde la panthère, qui comprend aussitôt.

Jean prend son élan, saute sur le tronc noueux et grimpe jusqu'à la branche qui supporte la liane. Là, il griffe et mord jusqu'à ce que la liane se détache. Puis il recommence avec la liane suivante. Bientôt, ils en ont assez pour faire une corde solide.

Ils retournent au bord de la falaise et l'étranger, après avoir fixé la corde autour de l'arbre, attache l'autre extrémité à sa taille. Il se laisse glisser dans le vide. La corde se tend et se tord en gémissant. Jean recule et s'assoit, attendant avec impatience le retour de l'étranger et surtout du livre. Il se demande ce qu'il fera ensuite : s'emparer de l'atlas et fuir ou faire confiance à son sauveteur.

Mais avant qu'il ait eu à choisir, une odeur désagréable se fait sentir, juste derrière lui. Ses sens mis en éveil, il se tourne et se retrouve face à face avec les hommes noirs qui l'ont capturé la première fois. Avant d'avoir pu amorcer une tentative de fuite, un filet se referme sur lui. Jean se débat avec la force du désespoir, mais plus il se démène, plus les mailles l'emprisonnent. Le filet est attaché sur une grande perche de bois et Jean disparaît de nouveau au cœur de la forêt sombre.

Chapitre 5

Le marché de Jakarta

Deux jours de voyage. Deux longues journées assommantes, durant lesquelles Jean se laisse transporter, immobilisé dans son filet, suspendu entre ciel et terre. Ils traversent des forêts denses et humides, pour ensuite parcourir des plaines cultivées, inondées de soleil et dominées par des volcans d'où s'échappe de la fumée. Des paysages magnifiques, surprenants aussi, surtout lorsqu'ils sont regardés la tête en bas.

Avant d'arriver à Jakarta, ils ont

attendu la nuit pour traverser les ruines d'un temple bouddhiste, gardé par des moines armés. Deux jours de découvertes, mais aussi de désespoir pendant lesquels Jean s'est éloigné à tout jamais de l'atlas et de sa vie d'antan.

Une foule nombreuse se presse autour de la cage de la panthère noire, une attraction du marché de Jakarta. Tout autour, des singes, des perroquets aux couleurs vives, des alligators à la gueule ficelée, des poulets dans des cageots, des tissus aux fleurs criardes, des fruits exotiques. Et l'animation, les cris et les odeurs qui étourdissent Jean.

Un marchand, barbu et crasseux, l'œil malhonnête, empêche les curieux de trop s'approcher. Il a déjà vendu la panthère noire à un cirque californien pour un spectacle de « ballerines ». Un truc de cordes raides et de pirouettes pour amuser les enfants. Il fait rouler les billets entre ses doigts sales et sourit. Il est fier de lui, fier d'avoir roulé ces sauvages en leur refilant de la camelote en échange de cette superbe panthère. Pour avoir le reste de sa paie, il doit surveiller la panthère en attendant le départ du bateau, un jeu d'enfant, avec cette carabine chargée sur les genoux.

Le marché se vide avec la fin du jour. Le soleil se couche rapidement, sans perdre de temps à embraser les nuages.

Jean tourne nerveusement dans sa cage trop petite. Ses pas feutrés ne font aucun bruit dans l'obscurité. Le marchand ronfle à côté, une bouteille d'alcool vide dans une main, le fusil dans l'autre.

Jean est malheureux. Alors qu'il était si près de reprendre possession de l'atlas, il est maintenant en transit vers la Californie, pour une vie d'esclavage. La Californie, il a toujours voulu la visiter, mais pas comme prisonnier derrière les barreaux d'une cage puante. Son cousin, là-bas, y fait du surf et visite Disney tous les ans, en plus de n'avoir jamais à porter de bottes d'hiver.

Tout à coup, sans qu'un bruit ne soit parvenu aux oreilles de Jean, l'étranger est là. Jean retient avec peine un miaulement de surprise. L'homme en veste safari lui fait signe de se taire. Jean ne comprend pas. « Que fait-il ici s'il a retrouvé l'atlas ? Peut-être a-t-il besoin de moi pour activer le livre ? Pourtant, il a des mains et il peut le faire bien mieux que moi. »

La porte de la cage s'ouvre avec un grincement de gonds rouillés. Le marchand se redresse, grogne un « Qui va là ? » éméché et retombe aussitôt endormi. Jean recommence à respirer. L'étranger fait signe à Jean de sortir de la cage et de le suivre. Il n'utilise pas de corde cette fois, mais une lueur dans ses yeux suffit à enchaîner la panthère à ses pas.

Ils traversent le village endormi en se déplaçant comme deux ombres. Ils s'engagent dans un sentier et marchent un long moment dans la plaine, puis dans la forêt profonde. L'étranger s'arrête enfin et se tourne vers Jean. Il lui dit, de sa drôle de voix où roulent les « r » :

— Nous sommes allés assez loin maintenant, reposons-nous.

Il se fait un oreiller avec son manteau et se couche à même le sol. Il s'endort aussitôt, laissant la panthère noire sans aucune surveillance. Mais Jean ne s'éloigne pas. Il aurait voulu parler, pour épuiser les nombreuses questions qui lui trottent dans la tête. Doit-il rester avec l'étranger ou se sauver ? Que se passera-t-il à son réveil ? Et surtout, si l'étranger a déjà récupéré l'atlas, pourquoi s'acharne-t-il à vouloir le sauver ? Jean renifle, embêté. Cet homme l'intrigue et l'attire à la fois. Jean se dit qu'il devrait peut-être suivre son instinct. Il décide de rester et s'endort le cœur léger. Presque léger.

Jean se réveille, s'étire de tout son long en sortant les griffes. Sitôt levé, il s'inquiète : « Où est donc l'étranger ? »

De l'autre côté d'un gros rocher provient un son agaçant : critch ! critch ! Jean s'approche, lentement, prêt à bondir. Son flair ne lui est d'aucun secours tellement l'odeur de l'océan est prononcée : une odeur d'algues décomposées, de poisson et de sel marin. Le bruit continue, par-dessus le murmure régulier des vagues. Jean fait quelques pas à découvert et aperçoit l'homme qui lui tourne le dos. Il est assis à l'indienne et se tient la tête penchée sur l'objet qui produit ce son singulier. Jean fait un bond et retombe à côté de l'étranger qui ne sursaute même pas. Jean reconnaît l'atlas sur lequel l'homme écrit.

— Tiens, tu es réveillé ! Tu arrives juste à temps, j'ai besoin de toi !

Jean recule et pense : « Ainsi l'homme n'a pas réussi à activer l'atlas et il a besoin de moi pour le faire. » Le garçon n'est pas assez fou pour l'aider et perdre ainsi sa seule chance de ne pas rester une panthère à tout jamais. Jean recule encore et se met à cracher, prêt à bondir. L'étranger lui parle doucement :

— Tu n'as pas à t'inquiéter, je veux juste que tu m'aides à activer le livre. J'ai besoin de ta signature.

Puis il se met à chanter. « Non ! se dit Jean, pas ça ! Il va me faire faire quelque chose que je vais regretter toute ma vie ! » De plus en plus confus, Jean sent son corps qui lui résiste et qui avance au lieu de reculer.

« Non, c'est pas possible, il m'a eu, il m'a hypnotisé ! » La tête de côté pour ne pas sentir le regard perçant de l'étranger, Jean essaie encore de résister. Mais la chanson l'emplit tout entier de sa mélancolie et le rend mou, sans volonté. Pire, il accepte son sort !

— Tiens, tu vas mettre ta patte dans la boue, ici, puis tu l'appliques sur la page que je viens d'écrire. Ça te fera un souvenir, même si tu crois aujourd'hui que c'est le pire voyage que tu as pu faire dans ta vie. Vas-y, Jean !

« Jean ? Il m'a appelé Jean ? » Le garçon ne comprend rien, mais l'atlas est maintenant bleu, d'un magnifique « bleu voyage ». Il est activé, grâce à l'écriture de l'étranger et à sa signature, sa patte tachée de boue. L'homme choisit une carte, prend la patte de l'animal et l'enfonce dans l'atlas.

La suite n'est que lumière, chaleur et sensation de ouate, de la ouate aussi douce que la fourrure de la panthère noire.

ÉPILOGUE

J ean ouvre les yeux :
— Non, ça ne peut pas être vrai ! Je rêve, c'est sûr !

Il ferme les yeux et les ouvre à nouveau. Il est dans... SA chambre, couché sur SON lit. En face, se trouve le lit de son frère Junior et, au mur, le poster de Tony Hawk's, le pro du *skate*, qu'il a acheté juste avant son accident.

« Mon accident ? pense-t-il. Si je suis vraiment revenu, je devrais avoir un plâtre ! » Et le plâtre est là, aussi solide que le roc, d'un blanc douteux, couvert de signatures et de dessins. Jean soupire de soulagement et laisse enfin sortir sa joie. Il crie, il hurle, il rit, il frappe des mains. Jamais il n'a été aussi content. Jamais !

Soudain, il se calme, mal à l'aise. L'idée que tout ce qu'il a vécu serait peut-être... un rêve ! Rêve, c'est un bien grand mot, cauchemar serait plus approprié. La princesse Marie-Jeanne, l'arbre à Expo 67 et la panthère noire sur une île pleine de volcans. Et l'homme inquiétant qui l'a poursuivi dans tous ses voyages et qui l'a, semble-t-il, renvoyé chez lui. Jean cherche autour de lui quelque chose qui pourrait le rassurer, lui prouver qu'il a rêvé ou qu'au contraire tout ce qu'il a vécu est la réalité. Bien étrange réalité...

— L'atlas ! C'est ça ! Si l'atlas se trouve toujours dans l'armoire, au fond du grenier, c'est que tout ceci provient de mon imagination !

Jean se lève et, en sautillant, se dirige vers sa garde-robe. Mais avant qu'il n'ait mis la main sur la poignée, la porte s'ouvre. Il retient de justesse un hurlement. L'inconnu au capuchon, l'homme en imperméable, l'étranger au large chapeau, enfin lui... il est là ! En chair et en os ! Il avance vers Jean, la main tendue, le sourire aux lèvres. Jean recule vers son lit, les yeux exorbités par la surprise et la peur.

— Bonjour, Jean !

— Que...que... que faites-vous ici ?

— Calme-toi, Jean. Je ne te veux aucun mal.

Mais Jean tremble tellement qu'il n'écoute pas. Il cherche un objet pour se défendre, un endroit où se cacher. Jamais un rêve n'a eu l'air aussi vrai. Comme s'il lisait dans ses pensées, l'étranger ajoute :

— Ce n'est pas un rêve. Tu as bien vécu tout ce que tu te rappelles : la princesse, l'arbre, la panthère. Et moi, toujours là, à te suivre…

— Mais… mais pourquoi… pourquoi m'avez-vous suivi ?

— Pour te protéger.

— De qui ? Le plus grand danger, c'était vous ! C'est vous qui m'avez poursuivi et qui m'avez fait peur.

— J'ai dit que j'étais là pour te protéger, pas pour te faire du mal.

— C'est facile à dire maintenant que je suis revenu. Avouez que vous vouliez l'atlas, que vous vouliez me le voler. Vous n'avez d'ailleurs pas eu de remords à tuer un homme pour ça !

— Le gardien de la cage ? Je lui ai fait la prise du sommeil. Non, Jean, tout ce que j'ai fait, c'est te protéger contre l'atlas.

— Me protéger ? Contre l'atlas ? Un chausson avec ça ? ajoute le garçon, peu enclin à se faire monter un bateau.

L'étranger retire sa veste.

— Il fait chaud ici, tu permets que j'ôte ma veste ?

— Euh… oui ! Faites comme chez vous. De toute façon, vous ne vous êtes pas gêné, depuis le début.

— Ta mémoire est courte, Jean. Tu ne te rappelles pas que je t'ai sauvé la vie, plusieurs fois : au bord de la falaise et puis lorsque, par deux fois, je t'ai fait sortir de la cage.

Jean se calme enfin. L'homme n'a pas l'air trop dangereux. Et peut-être a-t-il des réponses aux nombreuses questions qui trottent dans sa tête. L'étranger s'assoit par terre, étire ses jambes et déclare :

— Je suis prêt à répondre à tes questions.

Jean ne se fait pas prier :

— Qu'est-ce qui se passe avec l'atlas ? Pourquoi est-il tout détraqué ? Comment ai-je fait pour atterrir dans un arbre et dans une panthère ? Pourquoi vouliez-vous me protéger contre le livre ? Qui êtes-vous et comment faites-vous pour voyager sans livre ? Comment avez-vous fait pour m'hypnotiser ?

— C'est tout ? fait l'homme, amusé.

— Non, mais pour l'instant, ça ira.

—Je vais tout t'expliquer, mais sois patient, ce n'est pas facile à comprendre. Tu sais que l'atlas est très particulier. Il est un peu magique à sa façon. Je ne tenterai pas de t'expliquer comment il fonctionne, car tu ne comprendrais pas...

Jean s'offusque :

—Je suis grand maintenant. Je viens d'avoir onze ans. Arrêtez de dire que je ne comprendrai pas !

—Jean, la science qui expliquerait le fonctionnement de l'atlas n'existe pas encore, à ton époque. Ton grand-père est le seul homme qui a percé certains secrets de notre civilisation. Mais pas celui de l'atlas. Même moi, il y a beaucoup de choses que je ne comprends pas. Alors, je peux continuer ?

—D'accord, je vous écoute.

—Dernièrement, l'atlas a éprouvé des difficultés. D'abord, il a perdu beaucoup d'énergie en s'éloignant de la Terre. Tu te rappelles sans doute ta petite aventure dans l'espace avec ton ami Alex ? Puis il y a eu la chute du grenier, lorsque tu as demandé à ton frère d'aller chercher le livre pour toi...

—Mais vous m'espionnez ? Comment faites-vous ? Vous avez une boule de cristal ?

132

L'étranger sourit :

— Tu n'es pas loin de la réalité, mais en passant, les boules de cristal, c'est de la frime ! Non, l'armoire au grenier est un portail, une fenêtre ouverte sur le monde de l'atlas. Il permet de savoir ce qui se passe lorsque le livre sort de l'armoire.

— Wow ! C'est génial ! Mais si vous savez tout, alors pourquoi ai-je été transporté dans le corps d'une fille ?

— La robe de ta mère ! Lorsque le livre est tombé du grenier, il a perdu beaucoup de poudre bleue, comme tu l'appelles. Elle est tombée sur la robe de ta mère, que tu as secouée pour ne pas laisser de traces.

— Et si la poudre était tombée sur la salopette de mon petit frère, j'aurais été un gamin de quatre ans… Oui, je comprends. Et l'arbre, comment se fait-il que je sois entré au cœur d'un arbre ?

— C'est à cause du trou dans la couverture. Tu as sans doute remarqué que la couverture de l'atlas est en bois. En bois d'érable. L'érable dans lequel tu es entré est un descendant de l'arbre qui a donné la couverture.

— Là, c'est un peu tiré par les cheveux, vous ne trouvez pas ? Et la panthère noire, j'imagine que c'est à cause du minet, dans le parc ?

— C'est une explication un peu simpliste, mais en gros, c'est ça !

Jean réfléchit un moment :

— Vous dites que vous me suiviez pour me protéger ? Pourquoi ne pas me l'avoir dit dès le début ?

— Tu crois que tu m'aurais cru ? Tu es en sécurité, ici, et tu me crois difficilement. Je devais te laisser tenter tes propres expériences et n'intervenir que si tu ne pouvais plus t'en sortir.

— Des expériences, ça, j'en ai eues ! Je déteste les orages, vous le saviez ?

— Oui, je le sais, mais je n'ai pas de pouvoir sur les éléments. Et cette expérience de l'arbre t'aura fait comprendre plusieurs choses : ne pas rester sous un arbre durant un orage, par exemple ! Et tu saisis mieux maintenant les forces de la nature, l'importance de pouvoir communiquer avec les autres et de vivre intensément le moment présent.

— Ah, ça ! Il s'agit d'être un arbre ou un chat pendant quelques jours pour comprendre cela ?

— Si je t'avais secouru tout de suite, tu n'aurais pas appris tout cela et bien d'autres choses encore.

Jean devient pensif. La chanson de l'étranger lui revient à l'esprit. L'homme sourit et murmure :

— C'est un air que me fredonnait souvent ma mère. J'ai cru que cela pourrait te rappeler quelque chose...

— Pourquoi ? Je connais votre mère ?

— D'une certaine façon, oui. Tu l'as déjà rencontrée, lors d'un de tes voyages.

— Ne jouez pas aux devinettes ! C'est déjà assez difficile de vous suivre.

— Tu as toi-même fait le rapprochement entre la lumière bleue que dégagent l'atlas et la pierre de vie.

— Vous voulez me faire dire que l'atlas viendrait... de l'Atlantide ?

— Oui, Jean. Tout comme moi. Ce livre a été fabriqué en Atlantide, bien avant que notre continent ne soit englouti. C'était notre façon de voyager et la source de beaucoup de nos connaissances. Nous avons aussi d'autres moyens de transport, comme voyager par l'esprit, mais c'est l'atlas que nous préférons.

— Mais... quel âge avez-vous ?

— Rappelle-toi : lorsqu'on voyage avec l'atlas, le temps n'a pas d'importance. J'ai l'âge qu'il faut. Et toi, quel âge avais-tu lorsque tu es venu sur l'Atlantide ?

— Dix ans.

— Et ce jour-là, toi, jeune garçon de dix ans, tu m'as sauvé, ainsi que ma famille, d'une mort certaine.

— Vous êtes... Juan ? Juan, le fils de Manuel ? Le garçon dont j'ai pris le corps sur l'Atlantide ?

— C'est moi, mais je dois te spécifier que, lorsque tu entres dans le corps de quelqu'un, tu ne fais qu'emprunter le contrôle de son corps. J'étais toujours là, conscient de tout ce que tu faisais, de tes bons et de tes mauvais coups. Te rappelles-tu lorsque tu t'es assis sur le lit de mon frère décédé ? J'aurais pu t'en empêcher, mais je ne l'ai pas fait.

— Mais pourquoi ? Vous avez fait de la peine à votre mère et vous m'avez mis dans l'embarras.

— Je pensais que ce serait une façon pour ma mère de sortir de son deuil. Ce n'était pas chic pour toi, mais ça a marché ! Oui, Jean, je suis revenu pour t'aider parce que j'ai une dette énorme envers toi. Tu as permis à notre civilisation de ne pas disparaître complètement.

— Mais... il y a quelque chose que je ne comprends pas. Si vous étiez capable de voyager dans le futur, comment se fait-il que vous n'ayez pas su que l'Atlantide allait disparaître ?

—Nous le savions, mais nous ignorions à quel moment et comment cela allait se produire. Tout s'est déroulé très vite et c'est toi qui nous as prévenus juste à temps. Je dois partir, maintenant. Je suis venu récupérer l'atlas. Je le ramène à ses origines, pour qu'il puisse regagner son énergie. Peut-être pourra-t-il, à nouveau, permettre à quelqu'un de devenir explorateur. Je te quitte, Jean. Ça a été un grand honneur pour moi de faire ta connaissance.

Jean serre la main que lui tend Juan, l'homme qui n'est plus un étranger et le regarde se retirer dans la minuscule pièce. Malgré la porte fermée, une lumière bleue envahit la chambre. Jean ouvre la porte et inspecte attentivement la garde-robe. Tout est en ordre, comme si rien ne s'était passé. Notre jeune aventurier se couche sur son lit, épuisé.

—Jean ! C'est maman ! Je suis revenue !

—Bonjour maman.

—Tu ne t'es pas trop ennuyé mon garçon ?

—Non. Je crois que j'ai dormi toute la journée. J'ai fait un drôle de rêve.

— Comment va ta jambe ? Elle ne te fait pas trop souffrir ?

— Non, ça va.

— Le docteur a téléphoné tout à l'heure. Il enlève ton plâtre demain.

— Génial !

Jean sourit. Il a eu plus que sa part d'immobilité, ces dernières semaines. Il regarde son plâtre qui, à partir de demain, ne sera plus qu'un mauvais souvenir. Une signature à l'encre bleue, qui n'était pourtant pas là ce matin, attire son attention :

Merci pour tout. Ton ami pour toujours, Juan.

Diane Bergeron

Quitter un ami n'est jamais facile. Surtout si, avec lui, on a fait des voyages sensationnels et vécu des aventures époustouflantes.

Diane Bergeron en sait quelque chose. Mais ce qu'elle apprécie maintenant, c'est que, grâce à Jean Delanoix, elle s'est fait de nombreux amis, partout au Québec. Elle vous invite à continuer de voyager au cœur des livres, là où se trouvent les plus fidèles amis.

Diane Bergeron

L'atlas
mystérieux

L'atlas mystérieux
tome 1

J'ean Delanoix decouvre un livre tout à fait extraordinaire qui lui permet de voyager dans différents pays et à différentes époques de l'histoire. Jean se rend d'abord en Afrique, dans le corps de N'Juno, le jour où celui-ci doit devenir un homme. Puis l'atlas entraîne notre héros au Klondike, durant la célèbre ruée vers l'or au début du XXe siècle. Finalement, il arrive en Atlandide, à la veille de la terrible catastrophe qui entraînera la disparition de cette île fabuleuse.

Diane Bergeron

L'atlas
perdu

L'atlas perdu
tome 2

L'atlas a disparu. Ainsi que la mère de Jean. Sa vraie mère ! Comment Jean retrouvera-t-il l'atlas mystérieux, celui qui voyage sur les ailes du temps et de l'espace ? Ce deuxième tome de la trilogie transportera avec bonheur ses lecteurs à la suite de Jean Delanoix, le jeune explorateur. Voyager n'aura jamais été aussi excitant !

Achevé d'imprimer
sur les presses de AGMV-Marquis
en janvier 2005